KB114225

이모탈 퓨전 판타지 소설
FUSION FANTASTIC STORY

워리어

Warrior

워리어 1군

이모탈 퓨전 판타지 소설

초판 1쇄 찍은 날 § 2015년 8월 26일
초판 1쇄 펴낸 날 § 2015년 9월 2일

지은이 § 이모탈
펴낸이 § 서경석

편집책임 § 김현미

펴낸곳 § 도서출판 청어람
등록번호 § 제387-1999-000006호
등록일자 § 1999. 5. 31
어람번호 § 제1-2214호

주소 § 경기도 부천시 원미구 부일로 483번길 40 서경B/D 3F (우) 420-822
전화 § 032-656-4452 팩스 § 032-656-4453
http://www.chungeoram.net
E-mail § chungeorambook@daum.net

ISBN 979-11-04-90385-4 04810
ISBN 979-11-316-9239-4 (세트)

이모탈 퓨전 판타지 소설

FUSION FANTASTIC STORY

[완결]

Warrior
워리어

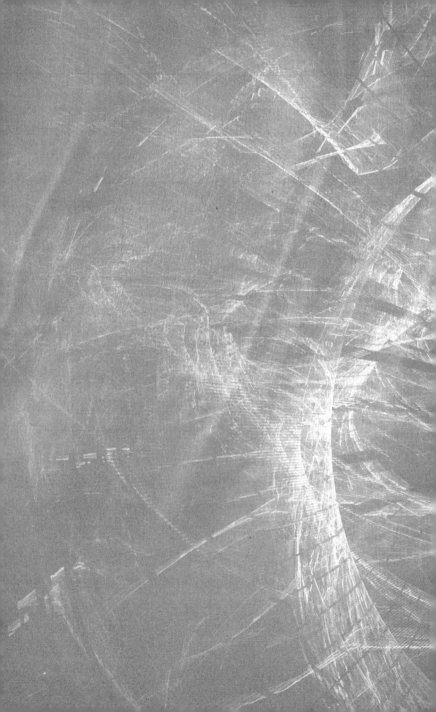

Warrior
워리어

CONTENTS

제1장

나파즈 왕국의 재침공

Warrior

누군가와 통신을 막 끝낸 인물.

그는 나파즈 왕국의 제일왕자이자 현재 왕위 계승에 가장 근접한 위치에 있는 카알 되니츠 마샬 왕자였다. 그는 주입된 마나가 사라져 투명한 구슬로 변한 통신 수정구를 물끄러미 바라봤다.

톡, 톡, 톡.

어스름한 어둠과 적막이 감도는 공간.

되니츠 일왕자의 손가락으로 의자를 두드리는 행위는 상당히 오랫동안 이어졌다.

꾸욱!

그러다 의자 손잡이를 약간 강하게 누르듯 잡았다 펴는 되니츠 일왕자. 그러자 어스름한 공간에 균열이 생기며 빛이 스며들었다. 그 빛을 등지고 한 명의 인물이 되니츠 일왕자만이 존재하는 공간으로 들어왔다.

"부르셨습니까?"

"앉아."

되니츠 일왕자의 명에 말없이 그의 맞은편 의자에 앉는 자.

"방금 통신을 받았어."

"……"

일왕자의 맞은편에 앉은 사내는 아무런 말도 하지 않았다. 그저 일왕자의 다음 말을 기다리고 있을 뿐이다.

"앤드루가 나에게 힘을 실어주겠다고 하더군."

"참전입니까?"

어떤 예측도 없이 결과를 도출해 내는 사내를 보며 되니츠 일왕자는 말없이 고개를 끄덕였다.

"이왕자 전하가 문제로군요."

"그런 셈이지."

"어렵지는 않을 것입니다."

"어렵지 않다?"

"현재 이왕자 전하의 세력은 전하의 세력에 밀리고 있습니다. 어떻게 해서든 돌파구가 필요합니다."

"앤드루는 경쟁 상대가 아니다?"

"이미 일차적으로 카테인 왕국을 통합하는 데 실패했습니다. 30년을 공들인 작전임에도 불구하고 말입니다. 그에 현재 삼왕자 전하께 기울었던 국왕 전하의 의중이 많이 기운 상태입니다."

"그렇다고는 하나 카테인 왕국을 남북으로 분리시켰지 않은가?"

"한 가지 더 생각하셔야 할 것이 있습니다. 왜 삼왕자 전하께서 전하를 지원하시겠다고 했는지에 대해서 말입니다."

"……."

사내의 말에 잠시 침묵하는 되니츠 일왕자이다. 그리고 그의 침묵은 그리 오래가지 않았다.

"허위 보고인가?"

"그럴 가능성이 농후합니다."

충분히 이해할 수 있었다. 앤드루는 흑마법에 굉장한 재능을 가지고 있다. 그러하기에 이 원대한 계획의 최선두에 서서 모든 것을 진두지휘하고 있는 것이다. 카테인 왕국이 내전에 접어들기까지 그는 압도적인 차기 왕위 계승자였다.

하나 이제는 달라졌다. 단 한 번의 실수로 모든 것이 무너져 내렸다. 거기에는 실질적으로 정통 계승권을 가지고 카테인 왕국을 계승한 제28대 국왕의 칙사가 단단히 한몫을 했다.

나파즈 왕국에서 내친 귀족이 적국의 사신이 되어 왕궁에 들었고 협상을 했으며 그 협상에서 나파즈 왕국의 국왕은 단단히 자존심을 구겼다. 그것을 알고 있는 앤드루 삼왕자는 자신의 실수를 만회하기 위해 카테인 왕국을 양분했지만 여전히 그의 신임은 회복되지 않고 있었다.

그 상황에서 앤드루 삼왕자가 할 수 있는 일은 잘되고 있다는 정보를 계속적으로 보고하는 것일 게다. 실제 정황이 그렇게 돌아가고 있었으니까 말이다. 그가 무너진 이유는 단 하나였다.

상상조차 할 수 없는 남 카테인 왕국의 전력 투사였다. 방어 병력만 남기고 모든 병력을 북 카테인 왕국의 왕도로 집중시킴으로써 마샬 국왕의 허를 찌르고 들어갔고, 그 작전이 보기 좋게 성공한 것.

때문에 마샬 국왕은 다급해질 수밖에 없었다. 그가 이렇게 일왕자에게 과감하게 왕위를 포기한다는 조건하에 나파즈 왕국의 참전을 요구하는 배경에는 단 하나의 확신을 가지고 있기 때문이다.

'왕좌쯤이야 언제든지 탈환할 수 있지. 그것만 완성된다면.'

그의 입장에서는 승부수를 던진 것임에 분명했다. 그리고 그의 제안을 받은 일왕자는 현재 아우인 삼왕자의 절실함을 이용해 자신의 권력 기반을 탄탄하게 다질 수 있는 절호의 기회가 될 것임을 직감했다.

"그리고… 조심하셔야 합니다."

"조심? 조심이라……."

"아시겠지만 삼왕자 전하는 흑마법에 발군의 실력을 지니고 계십니다. 루카스 백작의 보고에 의하면 어쩌면 그는 이미 자신을 뛰어넘었을지도 모르겠다고 했습니다."

"6서클 마스터인 루카스 백작을 뛰어넘어?"

사내의 말에 화들짝 놀라는 되니츠 일왕자이다. 그럴 수밖에 없었다. 현재 나파즈 왕국에서도 루카스 백작의 실력은 상당히 뛰어났다. 왕실 마탑주인 카를 하우스호퍼 후작이 7서클의 실력을 지니고 있지만 그것 역시 최근의 일이라 할 수 있다.

그리고 그의 휘하에는 다섯 명의 6서클 마스터가 존재했는데 그들 중 가장 뛰어난 성취를 가진 자가 바로 루카스 백작이다. 그런 그를 뛰어넘었다는 것은 적어도 하우스호퍼 후작과 동등한 클래스라는 것을 의미하는 것이니 일왕자가 놀라는 건 당연한 일이었다.

"그것이 정녕 사실인가?"

"흑마법사이기는 하나 마법사는 마법사. 어둠의 마나를 걸고 한 말에는 그 힘을 고스란히 담고 있습니다. 전하께옵서도 아실 것입니다. 마법사가 말에 마나를 건다는 것이 어떠한 뜻인지 말입니다."

"크음."

그에 일왕자는 침음성을 흘릴 수밖에 없었다. 그러다 다시 입을 열었다.

"대책을 세워야겠군."

"그래야 할 것입니다."

"곱게 물러나지는 않겠다는 말이로군."

"만약 삼왕자가 7서클에 올랐고 이미 7서클 마스터의 경지라면 왕좌라는 것은 어쩌면 주머니 속의 동전과 같은 것이 아닐까 합니다."

"정녕 그렇게 생각하는가?"

"그렇습니다."

"하면 어찌해야 할까?"

"일단은 그의 제안을 받아들여야 합니다."

"하고?"

"하우스호퍼 후작에게 이 사실을 알려야 합니다."

사내의 말에 점점 더 흥미롭다는 듯한 표정을 지어 보이는 일왕자였다. 확실히 자신의 눈앞에 있는 이 사내와 대화를 하면 시원하기는 했다. 뭔가 막히는 부분이 없기 때문이다.

"이유는?"

"하우스호퍼 후작은 탐욕스러운 자입니다."

"그렇기는 하지."

동감할 수 있었다. 그의 실력은 뛰어나지만 백마법사가 아닌 흑마법사여서인지는 몰라도 편협하고 아집이 강했다. 그러함에도 그는 왕실 마탑주에 자리하고 있었다. 그 누구도 자신의 자리를 탐내는 것을 원치 않았다.

그러하기에 자신의 휘하에 다섯의 부마탑주가 있고 각자 지지하는 왕자가 달랐지만 그들 모두는 마탑주에게 충성을 바쳤다. 충성하지 않는 자는 어떠한 방법을 사용하든지 제거하는 자가 바로 현 왕실 마탑주이니까 말이다.

"자신의 아성에 도전하는 자가 설사 삼왕자 전하라 할지라도 용납하지 않을 것입니다."

끄덕끄덕.

사내의 말에 일왕자는 고개를 끄덕였다. 확실히 그랬다. 나파즈 왕국의 이인자는 재상도, 왕자들도, 기사단장도 아닌 왕실 마탑주였다. 그가 있기에 나파즈 왕국의 모든 전력이 완성되었으니까 말이다.

"그렇군. 좋아, 바로 움직인다."

"명!"

　　　　　　*　　　　*　　　　*

"그래서?"

"지금이 가장 적기라 사료되옵니다."

나파즈 왕국의 국왕에게 머리를 조아리는 왕실 마탑주. 지금 대전에는 수많은 행정 관료와 군부의 수반, 그리고 수많은 귀족이 자리하고 있었으며, 국왕의 좌우 가장 가까운 자리에는 예의 일왕자와 이왕자가 자리하고 있었다.

"어떻게 생각하나?"

나파즈의 국왕은 좌우의 모든 이들을 둘러보며 입을 열었다.

"충분하다 판단되옵니다."

이왕자가 먼저 입을 열었다. 국왕의 시선이 그에게로 향했다. 하지만 그 시선을 다시 뺏어오는 목소리가 있었다.

"이미 명분은 충분하옵니다."

"명분? 명분이라……. 과연 그렇군. 한데 어떤 명분인가?"

"알카트라즈의 죄수를 본국의 지존이신 국왕 전하의 허락도 없이 복권시킨 죄가 하나이옵고, 그 죄수를 일국의 사신으로 보낸 죄가 둘이옵고, 귀족으로서 아비를 죽이고 이복형마저 죽인 패륜을 저지른 자에 대한 징치임이니 그것이 바로 셋이옵니다. 무려 세 가지의 명분이 있으니 이 어찌 합당하다

하지 않을 것이옵니까?"

강력하게 자신의 주장을 피력하는 일왕자의 말에 모두들 고개를 끄덕였다. 만들어진 명분이 아닌 명백하게 세상에 알려진 명분이다. 누구라도 고개를 끄덕이고 인정할 수밖에 없는 명분이니 공분을 사지 않을 것이었다.

"옳구나. 일왕자가 제대로 보았다. 해서 과인은 지금 이 순간 저 배은망덕한 카테인 왕국을 징치할 것을 천명하노니 모든 고관대신은 과인의 명을 받들어 한 치의 틈도 없이 준비토록 하라!"

"추우웅!"

대전을 울리는 거대한 울림. 그에 나파즈 왕국의 국왕은 만족한 웃음을 지어 보이며 왕좌에서 일어나 자리를 벗어났다. 국왕이 자리를 비우자 대전의 모든 이가 다시 자리에 앉았다. 그리고 다시 정적이 감돌았다.

"우선……."

그 침묵을 깨고 하우스호퍼 후작이 조용히 입을 열었다. 모두의 시선이 그에게로 향했다.

"일왕자 전하께옵서 1군을, 이왕자 전하께옵서 2군을, 소작이 1군과 2군의 후방을 지원하는 3군을 담당할 것입니다. 그리고 이번 카테인 왕국의 참전은 국왕 전하께옵서 친정하실 것입니다."

"오~"

"아니, 그런……."

"어찌……."

현 국왕은 권좌에 오른 이후 단 한 번도 친정을 하지 않았다. 국왕이 친정을 한다는 것은 상당한 의미를 가지며 한 왕국이 통째로 움직이는 것과 다르지 않았다.

그 누가 보더라도 이 전쟁은 나파즈 왕국의 승리가 명확했다. 그러함에도 불구하고 나파즈 왕국은 결코 방심하지 않고 국왕을 비롯하여 모든 전력이 카테인 왕국을 침략하는 데 최선을 다했다.

그만큼 나파즈 왕국은 카테인 왕국을 의식하고 있었다. 그것은 오랫동안 두 왕국 간에 전해져 내려오는 감정의 앙금이 깊고도 깊다는 뜻이다. 그리고 그 앙금을 풀 기회가 지금 주어졌음에 모두들 놀라고 있었고, 국왕이 친정한다는 말에 더욱더 놀라고 있었다.

하지만 누구 하나 나서서 그것에 반대하는 이는 없었다. 아니, 오히려 당연하다는 듯 이 중요한 일에 국왕이 빠지면 절대 안 된다는 듯한 표정이다. 그런 이들을 휘둘러 본 하우스 호퍼 후작이 다시 입을 열었다.

"출정식은 현 시간부터 정확히 30일 이후이며, 국왕 전하께옵서 자리를 비우는 동안 재상께 모든 것을 일임하셨습니다."

"알겠소."

"그리고……."

국왕을 대신하여 하우스호퍼 후작이 모든 지시를 내리고 있었다. 일왕자와 이왕자가 있음에도 불구하고 말이다. 하나 누구 하나 그에 대해 털끝만큼의 불만도 드러내지 않았다. 그는 명실상부한 나파즈 왕국의 이인자였으니까 말이다.

그런 상황을 보며 일왕자와 이왕자는 각각 속으로 득실을 계산하며 득의의 미소를 짓고 있었다.

'어쩌면 실보다는 득이 더 많을지도.'

'아마 그 자리도 이번이 마지막일 것이다.'

일왕자와 이왕자는 거만하게, 혹은 당연하다는 듯이 국왕의 명을 가장하여 귀족과 기사들에게 지시를 내리고 있는 하우스호퍼 후작을 바라보며 그렇게 생각했다. 그러다 문득 일왕자는 그 사내, 다니엘 앤더슨 백작을 떠올렸다.

뛰어난 식견과 냉철한 두뇌를 가진 자, 하지만 이인자의 자리 외에는 관심을 가지지 않는 자. 그러하기에 더욱 자신이 믿고 의지하는 드러나지 않은 자신의 참모 중의 참모였다.

* * *

"어떠십니까?"

"……."

앤더슨 백작이 물었다. 하지만 답은 바로 돌아오지 않았다. 무언가 깊이 생각하는 모양이다. 앤더슨 백작은 느긋하게 기다렸다. 일왕자는 그저 앤더슨 백작이 하는 양을 지켜볼 뿐이다.

정작 자신이 거느린 수하이지만 그를 통제하지 않고 있는 것이다. 그가 하는 일은 모두 자신이 책임져야 하는데도 말이다. 돌려 말하면 그만큼 앤더슨 백작을 믿고 있다는 것을 의미하기도 했다.

일왕자와 하우스호퍼 후작의 시선이 부딪쳤다. 일왕자의 시선 속에는 일체의 망설임도 없었다. 그것을 읽어낸 후작은 고개를 끄덕이며 조심스럽게 입을 열었다.

"받아들이겠습니다."

그에 그를 지켜보고 있던 앤더슨 백작이 가볍게 미소를 떠올렸다. 짐짓 긴장하지 않은 듯했으나 실상은 그렇지 않았다는 증거였다.

"잘 생각하셨습니다."

"한데 참으로 믿을 수 없군요. 삼왕자 전하께서 7서클에 오르셨다니 말입니다."

놀랍다는 듯이 입을 여는 하우스호퍼 후작에 앤더슨 백작이 입을 열었다.

"6서클 마스터인 루카스 백작의 중언이니 틀림없을 것입니다."

"확실히 루카스 백작이라면 충분히 믿을 만한 인물이지. 어쨌든 앞으로 잘 부탁드리겠습니다."

"부탁은 오히려 제가 드려야지요."

하우스후퍼 후작은 일왕자를 보며 살짝 고개를 숙여 보이곤 자리에서 일어났다. 그에 일왕자 역시 자리에서 일어나며 그의 말을 받았다.

"멀리 나가지 않겠습니다."

"준비하실 것도 많으실 터인데 그러셔야지요. 그럼 이만."

하우스호퍼 후작을 문 앞까지만 배웅한 일왕자는 다시 자리로 돌아와 앉아 자신의 앞자리에 놓인 차를 들이켜며 입을 열었다.

"이제는 앤드루와의 협상만 남은 것인가?"

"그렇습니다."

"그와 통신 연결은?"

"이미 대기 중입니다."

"그래? 그럼 가지."

일왕자가 자리에서 일어서자 앤더슨 백작은 그의 뒤에 시립했다. 일왕자는 걸음을 옮겨 책장으로 다가가 손때 묻은 책 중 하나를 꺼내 들었다.

그그극!

나직한 돌 갈리는 듯한 소리와 함께 한쪽 벽면을 차지하고 있는 책장 중 일부분이 좌우로 갈라지며 그 안으로 긴 통로가 모습을 드러냈다. 둘은 말없이 그 통로를 따라 걸음을 옮겼고, 둘이 통로에 발을 내딛는 순간 열린 책장은 다시 닫히기 시작했다.

책장이 닫히며 긴 통로의 좌우 벽면에 배치되어 있던 횃불에 불이 들어오면서 주변을 밝혔다. 둘은 말없이 통로를 걷기만 했다. 수평으로 이동하는 것이 아닌 원형으로 이루어진 깊고 깊은 계단이었다.

그리고 그 끝에 도착하자 거대한 석문이 가로막고 있었는데 일왕자가 석문의 손바닥 문양에 손을 가져다 대자 석문이 열렸다.

그그극!

그리고 드러나는 석문의 내부. 바로 일왕자의 집무실과 똑같은 구조로 되어 있는 밀실이었다. 다른 것이 있다면 그 중앙에 하나의 탁자가 있고 상당히 큰 마법 수정구가 존재한다는 것이다.

일왕자가 의자에 편안한 모습으로 착석하자 중앙에 위치해 있던 마법 수정구에서 검녹색의 빛이 흘러나오면서 허공에 하나의 영상이 맺히기 시작했다.

[오랜만에 뵙습니다, 형님.]

"그래, 오랜만이로구나."

일왕자와 영상 통신을 하는 자는 다름 아닌 앤드루 로스차일드 마샬 북 카테인 왕국의 국왕이었다. 하나 일왕자는 그를 북 카테인 왕국의 국왕으로 대하는 것이 아닌 자신의 동생, 나파즈 왕국의 삼왕자로 대하고 있었다.

보통의 왕자라면 지금의 상황에 상당히 반감을 가질지도 모를 일이지만 마샬 북 카테인 왕국의 국왕은 전혀 그런 표정을 드러내지 않고 침착하게 답했다.

"너의 제안을 받아들이겠다."

[그렇습니까?]

일왕자의 답에 삼왕자는 만족한 웃음을 떠올렸다.

"또한 이미 조치는 취해졌다."

[빠르군요.]

"늦춰서 좋을 것이 없기 때문이겠지."

[하긴 30년이라는 시간은 참으로 길었습니다.]

"그런 셈이지. 하고 묻고 싶은 것이 있다."

[혹시 제 마법에 대한 것입니까?]

"그러하다."

그럴 줄 알았다는 듯이 묻는 삼왕자였다.

[맞습니다. 7서클에 올랐습니다.]

"허어~ 대단하구나. 그리고 축하할 일이로구나."

[축하라⋯⋯. 그 말을 참으로 오랜만에 들어보는군요.]

"그러한가? 그리고 이것 하나는 확실하게 약속하마."

[무엇입니까?]

"만약 내가 권좌에 오르면 일인지하 만인지상의 자리는 오로지 너만이 가능하다는 것을 말이다."

[그리해 주신다면 감사할 따름입니다.]

무덤덤하게 대화를 이어가고 있는 두 형제였다. 한 배에서 나왔다고는 하나 결코 권력을 나눌 생각이 없는 왕자들이니 어쩌면 그것이 당연한 일인지도 몰랐다.

"하고 현재의 전황은 어떻더냐?"

[좋지 않습니다.]

일왕자의 물음에 침울한 표정을 지어 보이는 삼왕자였다. 그런 삼왕자의 표정에 덩달아 일왕자 역시 침울한 표정을 지을 수밖에 없었다. 좀처럼 얼굴에 표정을 드러내지 않는 삼왕자이다. 그런 그가 표정을 드러냈다는 것은 그만큼 상황이 힘들다는 것을 의미하기 때문이다.

"한 달은 버틸 수 있더냐?"

[버티지 못할지도 모릅니다.]

"허어~ 어찌⋯⋯."

[아마도 남 카테인 왕국의 국왕이 카테인 왕국의 국민에게

선전한 것이 컸던 듯합니다.]

"그렇기도 하겠군. 그로 인해 너의 정체가 드러났으니 말이다."

[덕분에 상당수의 귀족이 그에게로 돌아섰습니다. 엘레크 평원이 적에게 넘어갔고 말입니다.]

"쯧, 먼저 긴장을 조성해야하겠구나."

가볍게 혀를 차는 일왕자와 그에 동의하는 삼왕자.

[그렇습니다.]

"좋다, 나의 품으로 들어온 것을 환영하며 기꺼이 먼저 긴장을 조성토록 하겠다."

[하면 최후의 일격을 준비하도록 하겠습니다.]

"그리하거라."

일왕자의 말이 떨어지자 삼왕자는 가볍게 허리를 숙였다. 그러면서 검녹색의 영상이 이지러지면서 통신 수정구에서 흘러나오던 녹색의 빛이 사그라졌다.

"어찌 생각하나?"

"최후의 일격이 마음에 걸립니다."

"최후의 일격이라……. 병력을 끌어 모은다는 말이 아니겠는가?"

"그럴 수도 있겠으나 제 생각은 다릅니다."

"말하라."

"그는 7서클의 마스터입니다. 하면 다크 나이트나 데쓰 나이트를 만들 수 있을 것입니다."

"하나 혼자 힘으로 그것이 가능하겠는가?"

"30년을 카테인 왕국의 사람으로 살았습니다. 아무리 많은 세력이 사라졌다고는 하나 그 30년의 세월이 결코 헛되지는 않았을 것입니다."

"그렇군. 하면 큰일이지 않은가?"

일왕자의 근심스러운 말에 앤더슨 백작은 고개를 저으며 입을 열었다.

"물론 그러합니다만 일단 전하께옵서는 삼왕자 전하의 대항마를 만들어 두셨습니다. 아무리 삼왕자 전하께서 형제라고는 하나 30년을 떨어져 사셨으니 삼왕자 전하보다는 하우스호퍼 후작이 다루기 쉬울 것입니다. 하니 그를 더욱 가까이 하심이 옳을 듯합니다."

"그렇군. 그대의 말이 맞아. 이제 모든 것이 완료되었으니 움직이는 것만이 남았군."

"그렇습니다."

"훌륭하다. 나에게 있어 그대가 온 것은 그야말로 천운이로구나."

"성은이 하해와 같습니다."

일왕자의 말에 허리를 숙이는 앤더슨 백작. 하나 일왕자는 미처 보지 못했다. 그의 눈은 날카롭게 빛나고 있었고 입가에는 비릿한 비웃음이 걸려 있었다. 도대체 그의 정체는 무엇인가? 알 수 없었다.

*　　　*　　　*

"기어코 나파즈 왕국이 움직이는군."

현재 남 카테인 왕국의 재상으로 있는 스키피오 아프리카누스 후작이 조용하게 입을 열었다. 그의 앞에는 도리안 예이츠 후작과 프랭크 맥그래스 후작이 자리하고 있었다. 그 둘은 담담하게 고개를 끄덕일 뿐이었다.

이미 이것은 예견되었던 상황이다. 그러하기에 카이론 에라크루네스 국왕은 10만이라는 병력으로 40만에 이르는 북 카테인 왕국 공략에 나선 것이다.

"현재 전선의 상황은 어떠하오?"

"북 카테인의 국왕을 지지하던 귀족과 기사들이 속속들이 아국으로 귀순하고 있습니다. 당초 40만이던 적병은 이제 15만 정도 남았을 뿐입니다."

"15만이라……. 왕도를 지키는 병력만 남은 게로군."

"그러합니다."

"왕도라면 쉽지 않을진대."

"그러하기에 현재 지루한 대치 상황이 이어지고 있습니다."

그러했다. 왕도는 견고하기 그지없었다. 네 방향을 방어하는 네 개의 거대하고 견고한 석성이 있었는데 북의 뱅가드, 동의 캘프란, 남의 코마롬, 서의 비스크 성이다. 그 네 성은 각기 삼중 성벽으로 이루어져 있으며 폭 20미터, 깊이 10미터의 해자가 있었다.

그리고 가장 외곽의 성벽은 높이 12미터, 두께 5미터로 45미터 간격으로 20미터 높이의 방어 탑이 존재했다. 한마디로 남부에 다섯 개의 죽음의 장막이 있다면 왕도에는 유사 이래 딱 두 번 점령당한 오망성이 존재했다.

그 두 번 역시 내부 분열에 의한 점령이었을 뿐 공략에 의한 점령이 아니었으니 그 명성은 남부의 죽음의 장막과 다르지 않았다. 그러한 오망성의 역사를 너무나도 잘 알고 있는 아프리카누스 후작이니 걱정이 앞설 수밖에 없었다.

"국왕 전하께옵서는 별다른 전언이 없으셨습니까?"

"왕도 공략은 알프레드 슐리펜 공작에게 맡긴다고 하더군요."

예이츠 백작은 그럴 줄 알았다는 듯 고개를 끄덕였다. 슐리펜 공작이라면 5만의 병력이 되었든 10만의 병력이 되었든 왕도를 철저하게 봉쇄할 수 있을 것이라 판단했다.

"하면 국왕 전하께옵서는 이미 출발하셨다고 합니까?"

"그렇소. 아마 보름이면 도착하실 것입니다."

"준비를 해야겠군요."

"그래야겠지요."

그들이 그렇게 순조롭게 대책을 마련하는 동안 나파즈 왕국군의 선봉군은 서서히 카테인 왕국과의 국경으로 다가오고 있었다. 하지만 카테인 왕국은 결코 과거의 카테인 왕국이 아니었다. 카이론 에라크루네스 제28대 국왕이라는 희대의 군주가 탄생하여 마치 최기의 성세를 되찾은 듯 하나로 강력하게 뭉쳐 있었다.

나파즈 왕국에서 카테인 왕국으로 들어서는 관문성이라 할 수 있는 악숨 성은 얼마 전 나파즈 왕국의 병력에 단 반나절 만에 점령당한 그런 악숨 성이 아니었다. 얼마의 시간이 지났다고 악숨 성은 더욱더 견고해지고 그 주변에는 좌우로 두 개의 토성이 더 만들어져 있었다.

함부로 무시할 수 있는 그런 성이 절대 아니었다.

과거의 악숨 성을 생각하고 진격해 들어오던 나파즈 왕국의 병력은 더 이상 진격하지 못하고 진격을 멈출 수밖에 없었다.

"허어~"

"불과 몇 년이거늘 어찌……."

그러했다. 그들은 걸음을 멈추고 완벽하게 탈바꿈한 악숨 성을 바라보았다. 그저 보기에도 더 두꺼워지고 더 높아져 있다.

"이거 쉽지 않겠습니다."

"그러게 말입니다. 몇 년 지나지 않았거늘."

두 명의 귀족이 악숨 성을 바라보며 말했다.

"그래 봤자 악숨 성일 뿐이오. 아무리 단단하고 높아졌다 하나 마법에는 어찌할 수 없을 것이오."

"옳소. 당연한 말이오."

가장 선두에 선 자, 브루노 실바 자작이 입을 열었다. 그에 다급하게 그의 의견에 동의하는 두 귀족이다. 그 둘을 제외하고도 한 명의 로브인이 고개를 끄덕이며 실바 자작의 말에 동의했다

"일단 오늘은 이곳에서 진영을 꾸리고 명일 오전부터 공략에 들어갔으면 하오."

"그리하지요."

실바 자작과 로브인은 서로를 존중하며 의견을 맞추었다. 나파즈 왕국의 병력이 진영을 꾸리는 동안 악숨 성의 행정을 맡은 성주와 방어를 맡은 방어 사령관은 성벽 위에 올라 나파즈 왕국의 동태를 바라보고 있었다.

"흐음, 오늘은 공격을 하지 않을 모양이로군요."

"그런 모양입니다. 먼 길을 달려왔으니 그럴 수도 있겠군요."

"그것보다는 자신감이지 않겠습니까? 이미 몇 년 전에 이곳을 점령했던 저들이니까요."

"확실히 그럴 수도 있을 것입니다. 하나 그것만으로는 저리 하지 않을 것입니다. 아마도 그들이 가진 흑마법사의 전력 때문에 그러할지도 모르겠습니다."

"음, 그렇구려. 하면 우리는 어찌 대응하면 되겠습니까?"

"아군에게도 마법사 병력이 있지 않습니까? 어렵지 않을 것입니다."

"그렇구려."

고개를 끄덕이는 라이언 카무스 성주이다. 행정적인 면은 자신이 관리하지만 군사적인 부분은 방어 사령관인 주시에르 카리아소 남작이 담당했다. 둘은 서로를 견제함과 동시에 상생을 추구했다.

누구 하나가 독단으로 모든 것을 처리할 수 없도록 하는 장치인 것이다. 거기에 이곳에는 참석하지 않았지만 성의 치안을 담당하는 이도 있어 세 개의 권력이 분리되어 대등한 관계에서 서로를 견제토록 했다.

"하면 오늘 야밤을 틈타 적을 기습할 것이오?"

"굳이 그럴 필요까지는 없을 것 같소."

"······?"

왜 그러냐는 듯 의문의 얼굴을 하고 카리아소 방어 사령관을 바라보는 카무스 성주였다. 이해가 되지 않을 것이다. 적은 먼 거리를 왔기에 지쳐 있고 방심하고 있을 터이니 더없이 좋은 기회였으니까.

"어차피 적은 선발대요. 만약 저들이 당한다면 더 많은 대군을 더 빨리 출발시킬 것이오. 굳이 그럴 필요가 있을지 모르겠소."

"아! 내가 생각이 짧았소."

바로 자신이 잘못 생각하고 있었음을 인정하는 카무스 성주였다. 확실히 일리가 있는 말이었다. 보아하니 적들은 공성 장비를 가지고 오지 않은 상황이다. 그것은 과거처럼 간단하게 생각하고 마법의 힘을 빌려 성을 점령할 생각인 것이 분명했다.

그러한데 굳이 나가 싸울 이유는 없었다. 지금의 악숨 성은 과거의 악숨 성이 아니었다. 병력만 해도 1만이 있었고, 좌우로 견고한 토성이 있어 본 성인 악숨 성이 공략당한다면 두 토성의 병력이 쏟아져 적의 후미를 공격해 올 것이다.

온전하게 악숨 성을 공략하기 위해서는 반드시 두 토성을 먼저 공략하고 무너뜨려야만 했다. 하지만 그 또한 쉽지 않았다. 비록 토성이라고는 하나 급조한 작고 초라한 성이 아니었다. 성벽만 흙으로 만들어졌을 뿐 그 기반은 석재로 되어 있어 만만하게 볼 성이 아니었고 본 성인 악숨 성과는 얼마 떨어져 있지도 않았다.

한마디로 단단한 성 세 개를 한꺼번에 상대해야 하니 절대 쉽지 않은 전투가 될 것이다. 하나 나파즈 왕국의 귀족들은 그러한 카테인 왕국의 상황을 제대로 인지하고 있지 않았다. 새롭게 변한 환경보다는 과거의 경험을 더욱 신봉하고 있었기 때문이다.

그렇게 나파즈 왕국은 카테인 왕국의 첫 번째 성을 앞두고 충분한 휴식을 취하고 전의를 고취시켰다.

두웅! 둥! 두둥!

뿌우우! 뿌우욱!

전고가 울렸고 병사들의 전의를 고취시키는 뿔나팔이 울려 퍼졌다. 그 소리에 맞춰 나파즈 왕국의 병사들은 보무도 당당하고 질서정연하게 카테인 왕국의 악숨 성을 향해 진격해 나갔다.

그리고 어느 정도 거리에 도달한 후 진군을 멈췄다.

긴장감이 고조되기 시작했다. 나파즈 왕국의 선발대를 이끌고 온 실바 자작이 옆에 대기하고 있는 흑의 로브인에게 입을 열었다.

"부탁하오."

"……."

말없이 고개만 끄덕이는 흑의 로브인. 실바 자작의 부탁을 받은 흑의 로브인이 나직하고 음울한 목소리로 외쳤다.

"준비하라!"

그 말과 함께 흑의 로브인이 앞으로 나섰고, 회색 로브를 입은 일단의 마법사가 그의 뒤를 따랐다.

그들이 앞으로 나서는 그 순간 그들을 겹겹이 둘러싸고 있던 방패병이 함께 움직이며 멈췄던 진군을 재개하였다.

"진격하라!"

"으아아아!"

어느 정도 악숨 성에 가까워졌을 때 귀족들과 기사들이 일제히 외쳤다. 그에 병사들은 커다란 함성을 지르면서 악숨 성을 향해 달려 나가기 시작했다.

그것을 지켜보고 있는 악숨 성의 카리아소 방어 사령관이 서서히 손을 들어 올렸다.

그에 긴장한 듯 병사들은 그의 손을 지켜보고 있었다. 그리고 마침내 그의 손이 위에서 아래로 떨어져 내렸다.

"사격 개시!"

그의 손이 떨어지자마자 악숨 성의 성벽에 붙어 있던 궁병들이 일제히 화살을 쏘아 올리기 시작했다.

쉬쉬쉬쉭!

하늘을 새까맣게 물들이면서 화살이 날아올랐다.

"방패 머리 위로!"

"진겨억! 진격하라!"

"우와아아!"

날아오는 화살을 막고 성벽을 향해 악을 쓰며 달려 나가는 나파즈 왕국의 병사들.

투다다다닥!

그들의 머리 위로는 소나기가 쏟아지듯 화살이 떨어져 내리고 있었다.

"으아악!"

그 겹겹의 방패 벽을 뚫고 병사들에게 명중한 화살 역시 있었다. 하지만 나파즈 왕국의 병사들은 걸음을 멈추지 않았다.

"멈추지 마라! 진격하라!"

귀족들과 기사들은 죽거나 부상당한 병사들은 아랑곳하지 않고 연신 목청이 터져라 진격을 외쳤다. 병사들 역시 마찬가지였다. 이미 전장의 한가운데 서 있기에 걸음을 멈출 수는 없었다.

"쏴라!"

화살이 다시 날았고, 거대한 바윗덩어리가 나파즈 왕국 병사들의 머리 위로 떨어져 내렸다.

쿠와아앙!

"우와아악!"

"커허억!"

"사, 살려……"

병사들의 비명 소리가 전장에 울려 퍼졌다. 하나 나파즈 왕국의 병사들은 물러날 기미를 보이지 않았다. 그리고 마침내 나파즈 왕국의 병사들이 악숨 성의 성벽에 도달했고, 그들은 길고 거대한 사다리를 악숨 성의 성벽에 걸었다.

그때였다.

악숨 성 성벽의 머리 위로 거대한 균열이 생성되기 시작하며 검푸른 불덩이가 떨어지기 시작했다. 그에 카리아소 방어 사령관은 당황하지 않고 고개를 끄덕이며 입을 열었다.

"시작한 모양이군. 깃발을 올려라!"

"명!"

그에 보라색 깃발을 들어 올리는 병사. 그와 함께 일정 간격으로 우뚝 솟은 방어 탑을 중심으로 투명한 막이 생성되기 시작했다. 그 투명한 막이 악숨 성 전체를 감싸자마자 검푸른 불덩이가 투명한 막을 세차게 때리기 시작했다.

투우웅~ 투두둥!

검푸른 불덩이가 투명한 막에 부딪칠 때마다 막은 잠깐 짙은 흰색을 떠올리다 사라지기를 반복했다. 하지만 정작 나파즈 왕국의 귀족이나 지휘관들이 놀란 것은 검푸른 불덩이를 막아내는 투명한 막 자체가 아니라 외부의 공격은 막아내나 내부의 공격은 그대로 투과시킨다는 점이었다.

"으아아아!"

"살, 살려줘어……"

성벽에서는 끊임없이 화살과 돌과 끓는 기름 등이 떨어져 내리고 있었고, 나파즈 왕국 측에서 준비한 회심의 마법 공격은 전혀 효과를 거두지 못하고 있었다.

"저, 저런……."

"저, 저것이……!"

귀족들과 지휘관들은 놀랄 수밖에 없었다. 카테인 왕국에는 마법 전력이 극히 드물었다. 그것도 불과 몇 년 전까지만 해도 말이다. 그런데 이게 어찌 된 일인가? 도대체 어떻게 하면 불과 몇 년 사이에 한 성을 완벽하게 방어할 수 있는 마법 전력을 키울 수 있다는 말인가?

"크음! 미리 준비하고 있었던가?"

실바 자작의 얼굴이 있는 대로 일그러졌다. 어느 정도 준비는 하고 있을 줄 알았지만 설마 마법 전력을 준비하고 있을 줄은 몰랐다. 그의 시선이 어느새 그의 곁으로 다가온 흑의 로브인을 바라봤다.

"그것을 준비하시오."

"밤이 아닌 밝은 날입니다. 효과나 지속 시간이 절반으로 줄어들 것입니다."

"으음."

고민하는 실바 자작.

"차라리 병력을 물리시고 밤을 이용하여 공격하는 것이 어떠하십니까?"

"밤이라면 가능하겠소?"

"밤은 어둠의 세상이지요. 어둠 속에 잠든 영혼이 어찌 한 둘이겠습니까? 그러하니 병력의 소모는 없을 것입니다."

"그렇다면……."

병력을 물리려 결단을 내리려는 그 순간, 갑작스럽게 후미의 두 방향에서 거센 함성이 들려왔다.

"우와아아!"

"돌겨억! 돌격하라!"

그들이 간과한 병력, 즉 악숨 성의 좌우에 세워져 있던 토성의 문이 열리며 그곳에서 카테인 왕국의 병력이 쏟아져 나왔고, 멀리 우회하여 자신들의 배후를 들이쳤다.

"아뿔싸!"

실바 자작은 자신의 머리를 칠 수밖에 없었다. 토성의 병력을 잊고 있었다.

"후퇴! 후퇴하라!"

그의 명령이 떨어지기 무섭게 전고가 울리고 후퇴를 알리는 뿔나팔이 진영을 어지럽혔다. 원래 전쟁이라는 것이 진격보다는 후퇴가 더 어려운 법. 질서정연하지 못한 후퇴는 결국 공격할 때보다 두 배 이상의 피해를 낼 수밖에 없었다.

"아악! 아, 안 돼!"

"후퇴! 후퇴하란 말이다!"

"축차적인 후퇴다! 서두르지 말라!"

하지만 이미 아비규환이 되어버린 전장은 지휘관의 명령이 먹혀들지 않았다. 적에게 죽어가는 것이 아닌 후퇴하는 도중 동료 전우에게 떠밀려 밟혀 죽는 경우가 다반사였다.

"몰아쳐라!"

"전속 전진!"

"우와아!"

나파즈 왕국의 후미를 치고 들어온 카테인 왕국의 병력. 그들은 과감하게 나파즈 왕국의 후미를 휘젓고 있었다. 전혀 생각지도 못한 상황에서 기습을 당한지라 나파즈 왕국은 제대로 된 대응을 할 수 없었다.

그 순간을 이용하여 카테인 왕국의 병력은 나파즈 왕국의 병사를 닥치는 대로 죽여 나가기 시작했다.

"죽어라!"

"크아악!"

"막아! 막으란 말이다!"

"적은 소수다! 겁먹지 마라!"

귀족들과 지휘관들이 외쳤고, 혼란스럽던 후미의 나파즈 왕국의 병사들은 이내 안정을 되찾고 기습을 해온 병력에 대응하기 시작했다.

"후퇴! 후퇴하라!"

나파즈 왕국의 병사들이 안정을 되찾음과 동시에 카테인 왕국의 병력은 곧바로 후퇴 명령을 내렸다.

"어디를 가려느냐!"

"도망치려느냐!"

자존심을 건드리는 나파즈 왕국 지휘관들의 외침에도 불구하고 카테인 왕국의 병사들은 응수하지 않고 병력을 이끌고 쏟아져 나왔던 토성으로 돌아가 버렸다. 그에 전열을 정비하여 후미를 안정시키던 나파즈 왕국의 지휘관들은 닭 쫓던 개처럼 그저 바라보고 있을 수밖에 없었다.

"비겁한 놈들!"

"기사로서의 자존심도 없는 놈들!"

그 아쉬움에 토성 앞까지 달려와 카테인 왕국의 기사들과 귀족들에게 손가락질하는 나파즈 왕국의 기사들이었다. 하나 토성 안으로 들어간 카테인 왕국의 기사들은 대꾸조차 하지 않았다.

결국 그날의 전투는 그렇게 끝이 났다.

"피해는 어찌 되는가?"

실바 자작이 물었다.

"5천 중 6백이 죽었습니다."

"허어, 그 짧은 시간에 말인가?"

"그, 그렇습니다."

실바 자작의 말에 그의 부관은 목구멍까지 치솟아 오르는 말을 참아야만 했다.

'그중 절반은 후퇴 중 사망했습니다.'

이 말을 말이다. 공격할 때보다 후퇴할 때 더 많은 희생자를 내었고, 후미에 당한 불의의 기습으로 인해 절반의 희생자를 냈다.

"어찌 되었든 병사들을 쉬게 하라."

"명!"

부관이 그의 명을 받아 돌아가고 그의 곁에는 흑의 로브인만 남았다.

"6백으로 되겠소?"

"이곳에서 죽은 영혼이 오직 6백뿐이겠습니까?"

"아! 그렇군."

무덤덤하게 답하는 흑의 로브인과 죽은 병사들 정도는 피해도 아니라는 듯이 말하는 실바 자작이었다.

"오늘 저녁 기대하겠소."

"어둠의 힘을 보여드리겠습니다."

"아마도 그래야 할 것이오."

실바 자작의 말에 흑의 로브인의 후드가 살짝 떨렸다. 흑의 로브인은 멀어져 가는 실바 자작을 바라보고 나직하게 입을 열었다.

"가소로운 자. 아직도 기사가 세상을 지배하는 줄 아는 모양이로군."

"어쩔 수 없지 않겠습니까? 평생을 그리 알고 살아왔으니 말입니다."

"하긴 그렇군. 어쨌든 준비는 다 되었는가?"

"자정이 되면 적들은 악몽을 보게 될 것입니다."

"크큭! 좋구나."

날카로운 웃음이 떠올랐다. 그들의 시선은 멀리 보이는 악숨 성을 향해 있었다. 악숨 성의 카테인 왕국군 역시 멀리 물러난 나파즈 왕국의 병력을 바라보고 있었다.

"찜찜하군."

얼굴을 잔뜩 굳힌 채 입을 여는 카리아소 방어 사령관이다.

"아마도 다른 수작을 부릴 수도 있을 것입니다."

"다른 수작이라?"

"원래 흑마법이란 밤에 특화된 마법입니다. 아까 전의 마법 공격이 약했던 이유는 밝은 하늘 아래였기 때문입니다."

"하면 밤이 되면 반드시 적의 도발이 있겠군."

"그럴 것이라 판단됩니다."

"예상되는 방법은 있는가?"

"아마도 언데드를 이용하지 않을까 싶습니다."

카리아소 방어 사령관의 말에 백색의 로브를 입은 이가 답했다. 지금까지 카리아소 방어 사령관과 대화를 하고 있는 백의 로브의 마법사. 그는 바로 알프레드 슐리펜 공작에 의해 육성된 마법병단 소속의 마법사이다.

그들은 나파즈 왕국의 흑마법사들과 반대로 스스로를 백마법사라 칭하며, 어둠의 마법에 대응하기 위해 많은 연구와 고심을 했고 지금은 흑마법사에 대응해 어느 정도 실효를 거둘 수 있다고 자부하는 이들이었다.

그러하기에 이렇듯 흑마법사를 이용한 적의 계략을 사전에 파악하고 예측할 수 있었다.

"언데드라……. 하기는 유구한 세월 동안 이 넓은 곳에서 죽어간 이들이 어디 한둘일까? 하면 대책은 어찌하면 되는가?"

"이미 은화살이 불출되었고 마법사들이 마법진을 구축하고 있습니다."

"그렇군."

실제 전투가 끝난 직후 그들은 성문을 열고 성벽 아래에서 죽은 적병의 시체를 남김없이 거둬들여 구덩이를 파고 화장했다. 불은 언데드와는 상극이기에 불에 타 죽은 시체는 아무리 고위 흑마법사라 할지라도 되살릴 수 없었다.

문제는 성내였다. 성 밖도 문제이기는 하지만 어쨌든 성 밖은 성벽이라는 거대한 벽이 존재했지만 성내는 달랐다. 그러하기에 묻는 것이다.

"역시 슐리펜 공작 각하시로군."

"그렇습니다. 그분께서는 이미 이러한 상황을 예상하고 계셨습니다."

슐리펜 공작은 정확하게 이 상황을 예측했다. 그리고 그의 말을 들은 카이론 에라크루네스 국왕의 명에 의해 그들은 흑마법사와 5천에 달하는 병력이 공격해 들어옴에도 불구하고 당황하지 않고 기민하게 상황에 대처할 수 있었던 것이다.

"오늘 저녁, 볼 만하겠군."

그러면서 유쾌하게 웃는 카리아소 방어 사령관이다. 적은 아마도 성내까지 언데드를 불러들일 수 있을 것이라 생각하고 있을 것이다.

하나 그런 생각이 틀어졌을 때 일그러질 그들의 얼굴을 생각하니 웃음이 나오지 않을 수 없었다.

성 밖의 나파즈 왕국군이나 성내의 카테인 왕국군이나 저녁에 있을 전투를 위해 분주하게 움직이기 시작했다. 하루라는 시간이 짧게 느껴질 정도이다.

그리고 스멀스멀 어둠이 깔리기 시작하고, 그 어둠이 세상을 완벽하게 잠식해 들었을 때 나파즈 왕국군의 진영에 미약한 움직임이 일었다.

나파즈 왕국군 진영의 후미, 일단의 무리로 완벽하게 차단된 지역에 수십의 마법사가 집결해 있다. 그들이 집결해 있는 발밑에는 기이한 문양이 불쾌한 기운을 뿜어내고 있었는데 바로 역 오망성의 마법진이었다.

그리고 그 역 오망성의 중심에는 낮에 실바 자작과 대화를 나눈 흑의 로브인이 하늘을 향해 양팔을 벌린 채 음울한 목소리로 무어라 웅얼거리고 있었다. 그에 그를 중심으로 펼쳐진 역 오망성의 마법진으로 먹구름이 몰려들기 시작했다.

각각의 위치에 서 있던 회의 로브인들 역시 흑의 로브인과 같이 음울한 웅얼거림을 시작했고, 그 음울한 웅얼거림은 점점 그 기세를 더하기 시작하더니 마침내 하나의 목소리가 되어 하늘 높이 치솟아 올랐다.

"오옴 타하! 어둠 속에 잠든 이들이여, 그 원망과 분노를 드러내라! 그리하여 세상에 외치고 복수하라!"

흑의 로브인의 외침이 터져 나오자 그를 중심으로 몰려든 먹구름이 사방으로 뻗어 나가기 시작했다.

"끼아아악!"

날카로운 울음소리가 울려 퍼지며 검은 혼령들이 하늘을 뒤덮었다.

들썩들썩.

어둠 속에서 땅이 움직이기 시작했다.

푹!

뼈다귀 하나가 솟아나왔다.

그것을 시작으로 여기저기에서 뼈만 남은 존재, 혹은 너덜너덜해진 살점을 가진 존재들이 하나둘 모습을 드러냈다. 그것은 비단 인간의 모습을 한 존재만이 아니었다.

몬스터도 있고 동물도 있었다.

땅을 뚫고 나온 그들은 하나로 뭉치더니 이내 한 방향으로 걸음을 옮기기 시작했다.

덜그럭 덜그럭.

느릿하게 움직이며 되살아난 언데드.

그러한 현상은 성 밖에서만 일어나는 것이 아닌 카테인 왕국의 악숨 성 내에서도 일어났다.

하지만 성 밖과 다른 것은 땅 위로 기어 나오자마자 그들은 붉게 빛나며 하나의 불덩이가 되어 사라져 갔다.

"시작된 모양이로군."

"성벽에 궁병을 배치토록 하겠습니다."

"그리하게."

카리아소 방어 사령관은 곧바로 채비를 하고 성벽으로 올
랐다.

그가 성벽에 올랐을 때는 이미 성 밖은 온통 언데드로 가득
했다.

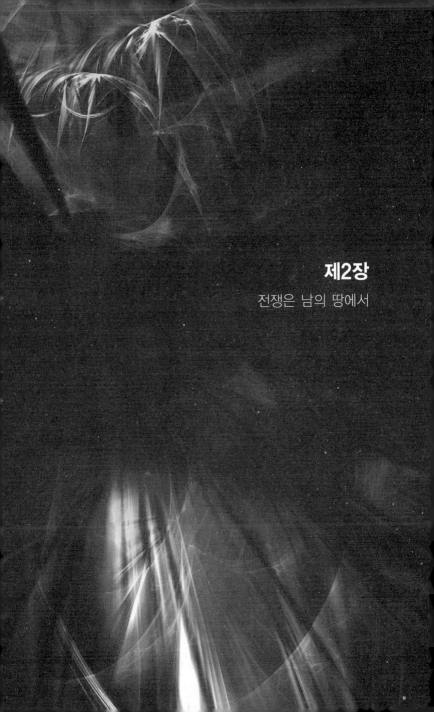

제2장

전쟁은 남의 땅에서

Warrior

"악숨 성을 나파즈 왕국이 공격했다고?"

"그렇습니다."

"아직 버티고 있나?"

"아직까지는."

"하면 바로 출발해야겠군."

왕궁에 도착한 카이론은 아프리카누스 재상과 대화를 한 후 곧바로 군사를 일으켰다. 아니, 이미 대기하고 있는 병력을 대동해 나파즈 왕국과의 접경 지역으로 이동하기 시작했다. 북 카테인 왕국과의 전쟁 중에 충실하게 훈련 받은 10만의 정예 병력이었다.

"잔당들은 어찌할 거요?"

조용하게 카이론의 곁을 지키고 있던 키튼이 물어왔다.

"전멸시켜야겠지."

"그게 언제냐는 말이지요."

"내가 국경을 넘어섰을 때."

"명을 내린 거요?"

"언제부터 그렇게 관심이 많았는지 모르겠군."

카이론이 무심하게 물었다. 그에 키튼은 뚱한 표정으로 다시 입을 열었다.

"뒤가 구리지 않소. 그리고 언제 무슨 짓을 저지를지 모를 놈이지 않소. 거기에 적국의 삼왕자이기도 하고 말이오."

"궁금하면 남아 있지 그랬어."

"그게… 이쪽도 궁금해서……."

볼을 붉적이면서 답하는 키튼이다. 몸이 한 개이니 어쩔 수 없었을 게다.

"일단 이곳에만 집중하도록!"

"……."

카이론의 말에 불퉁스러운 표정을 짓기는 했지만 결코 다른 말은 하지 않는 키튼이다. 그는 언제나 이유 없는 행동을 하지 않았다. 북부 전역을 수복했지만 여전히 그 중심에는 15

만이라는 적병이 남아 있다.

그것을 견제하기 위해 10만이라는 병력과 일곱 개의 별 중 다섯 명을 투입했다. 그것은 절대 기습을 허용치 않겠다는 것이고, 이용할 가치가 있기 때문에 남겨두었다는 것을 의미했다. 키튼은 그것을 알고 싶었다.

하지만 호락호락하게 그 이유를 말해줄 카이론이 아니었다. 그가 쉽게 말해주지 않는다는 것은 그만큼 아는 사람이 적어야 할 비밀이라는 것이다. 가장 측근이라고 할 수 있는 키튼에게조차 비밀로 할 정도로 말이다.

그것을 알기에 키튼은 굳이 더 이상 캐묻지 않았다. 자신이 조른다면 분명 알려주기는 하겠지만 아는 사람이 적을수록 좋은 비밀이란 그렇게 남는 것이 가장 좋았다. 더군다나 그 비밀이 일국의 운명을 좌우할 정도라면 더욱 그랬다.

"이번에는 내가 선봉이오?"

"선봉이라……."

전면을 보고 있던 카이론의 시선이 키튼을 향했다.

"세 갈래로 진격할 생각이야."

"세 갈래든 네 갈래든 선봉은 있을 것 아니오."

"선봉은 없어. 그저 누가 가장 먼저 나파즈 왕국의 왕도를 점령하느냐가 중요하지."

"그렇다면 시작은 악슘 성을 압박하고 있는 병력을 먼저 걷어내는 것이겠구려."

"그런 셈이지."

"그럼 그거 내가 합시다."

"그러든지."

선선히 허락하는 카이론. 그에 희색이 만면한 키튼이 다시 입을 열었다.

"얼마 줄 거요."

"1만이면 되지 않을까?"

"차고도 넘치오."

그는 카이론이 다시 말을 바꿀 것을 염려했는지 즉시 1만 의 병력을 인선해 먼저 달려 나가기 시작했다.

"저하께옵서는······."

그들의 하는 양을 지켜보던 웰링턴 백작이 입을 열었다.

"나는 랑닉 성으로 향한다."

"하면······."

"맥그로우 공작은 라이슨 성으로 향하도록."

랑닉 성은 나파즈 왕국의 가장 북쪽에 있는 성이고, 라이슨 성은 카테인 왕국과 국경을 맞닿는 부분 중 가장 남단에 위치 한 성이다. 그 말인즉슨 악숨 성으로 향한 키튼은 나파즈 왕 국의 중심을 가르라는 말과 같았다.

카이론의 한마디에 모든 위치가 정해졌다. 고개를 끄덕이는 웰링턴 백작. 그가 다시 입을 열려 할 때 카이론의 목소리가 들려왔다.

"먼저 나파즈 왕국으로 향하는 병력을 1파라 하고, 북 카테인 국왕이 있는 왕도를 공략하기 위해 출발한 병력을 2파라고 하며, 2파의 총사령관은 알프레드 슐리펜 공작으로 하라."

"명을 받습니다."

모든 것이 정해졌다. 이제는 행하는 일만 남았다. 맥그로우 공작은 앨런 튜링 백작을 참모장으로 하여 5만의 병력을 대동한 채 라이슨 성으로 출발했고, 카이론은 웰링턴 백작을 참모장으로 하여 랑닉 성으로 출발했다.

빠르게 랑닉 성으로 이동하는 4만의 병력. 마침내 나파즈 왕국과의 국경에 도달했다. 그리고 그들의 눈앞에는 웅장하기 그지없고 험악하고 척박해 보이는 거대한 산이 모습을 드러내고 있다.

"저곳이 바로 할키온 산이로군."

"그렇습니다."

할키온 산은 높고 험악해 보였다. 어떻게 보면 악마의 성처럼 삐죽삐죽 솟아난 칼과 같은 산봉우리가 수도 없이 연결되어 있었고, 대부분의 산봉우리가 7부 능선부터는 두껍고 차가운 만년설로 뒤덮여 있었다.

그 규모를 본다면 할키온 산이 아니라 할키온 산맥이라고 해도 과언이 아닐 정도였다. 무려 세 개의 왕국과 인접해 있으니 충분히 그럴 만했으나 그 누구도 할키온 산맥이라 부르지 않았다.

"저 할키온 산에서 나파즈 왕국으로 향하는 방법은 두 가지가 있습니다. 우측의 중봉을 넘어 바로 나파즈 왕국으로 향하는 길과 좌측의 칼날봉을 넘어 우회하는 길입니다."

"어느 쪽이 좋을까?"

"일장일단이 있습니다. 우회하는 길은 완만하고 무리 없는 길이기는 하지만 적어도 두 달 이상의 시간이 소요됩니다."

"적에게 시간을 너무 많이 주는군."

"그것이 단점이라 할 수 있습니다. 지금 국왕 전하께옵서는 적이 정신을 차리지 못할 정도로 몰아칠 생각이시니 적당하지 않은 길이라 할 수 있습니다."

"중봉을 넘어가는 길은?"

그에 웰링턴 백작의 얼굴이 조금 어두워졌다.

"상당히 어렵습니다. 넘기만 한다면 곧바로 방심하고 있는 랑닉 성을 공략할 수 있겠으나 길이 험하고 행렬은 끝도 없이 늘어날 것입니다. 오로지 말 한 마리 정도 지나갈 수 있는 잔도뿐이며 그 잔도마저도 얼음과 눈으로 덮여 있기 때문입니다."

웰링턴 백작의 말에 카이론은 자신의 뒤를 바라봤다. 4만

의 병력이 자신을 바라보고 있다. 그들을 잠시 일별한 카이론
은 다시 할키온 산을 바라보며 입을 열었다.

"이 중 얼마나 살아남을 수 있겠나?"

"강행하실 요량이십니까?"

"가지 않는다면 카테인 왕국은 사라질 것이다."

"원성이 하늘을 찌를 것입니다."

"내가 지옥에 가지 않으면 누가 지옥에 갈까?"

카이론의 말에 뭐라 말을 할 수 없는 웰링턴 백작이다. 실
패하면 역사상 유례없는 폭군이 될 가능성이 농후하다. 하나
카이론은 스스로 그 길을 가고자 한다. 사실 전체적인 국력을
비교해 보자면 나파즈 왕국과의 전투에서 승리할 가능성은
전무했다.

정보에 의하면 현재 나파즈 왕국은 60만이라는 대군을 준
비하고 있다. 말이 60만이지 나파즈 왕국 전체 인구의 10%에
해당하는 병력이다. 성인 남성 대부분이 군대에 소속되어 있
다고 해도 과언이 아니었다.

그렇다는 것은 현재 나파즈 왕국은 총력전을 준비하고 있
다고 봐도 무방했다. 그런데 그런 나파즈 왕국을 상대하는 카
테인 왕국은 어떠한가? 고작 20만이다. 그 이유는 북 카테인
왕국이라는 자신의 왕국으로 만들고 왕도에 15만의 병력을
집결시켜 두고 있는 마샬 국왕 때문이다.

덕분에 카테인 왕국은 쇠약해질 대로 쇠약해졌고, 20만의 병력도 한곳에 집중하지 못하고 둘로 분리되어 내전과 나파즈 왕국과의 전쟁을 함께 치러야 했다. 객관적으로 봐도, 아니, 그냥 주관적으로 판단해도 절대 이길 수 없는 전력이라고 할 수 있었다.

물론 지금까지 카이론이 보여준 무력이나 지휘 능력은 그런 일반적인 판단을 훨씬 넘어서고 있었다. 그러하기에 내전은 점점 진정되는 추세였고, 자신들의 안위만 생각하고 있던 귀족들은 스스로 나서서 왕국을 구하려 하고 있었다.

비록 과거와는 달리 명예직일 뿐인 귀족이지만 명예직에 머문 그 순간부터 귀족과 기사들은 노블레스 오블리주와 기사도를 행하고 있었다. 그러하기에 어려운 와중에도 카테인 왕국은 하나로 뭉치고 있었다.

60만이라는 대군을 향해 날카로운 이를 드러내 보이고, 가족을 위해, 가문을 위해, 왕국을 위해 자신의 한 몸을 바칠 각오를 하고 있었던 것이다. 그 어느 때보다 단합이 잘되고 있는 왕국. 그러하기에 희망을 걸어보았다.

"출발하도록 하지."

"명!"

"출바알!"

4만의 병력이 움직이기 시작했다. 그들은 말없이 카이론의 뒤를 따랐다. 할키온 산의 초입은 그리 어렵지 않았다. 그저 평범한 산과 다름없었다. 하나 시간이 지나면 지날수록 할키온의 산세가 험해지기 시작했다.

기온은 점점 떨어지기 시작하고 길은 점점 좁아지기 시작했다. 그러함에도 카이론은 절대 진군을 멈추지 않았다. 병사들과 기사들, 그리고 귀족들 역시 단 한 마디의 불평도 하지 않았다.

일국의 국왕이며, 4만의 병력을 이끄는 총사령관이면서도 자신들과 똑같은 막사와 똑같은 음식을 먹으면서 똑같이 행군해 나가는 카이론이 있기에 그들은 불평불만을 하지 않았다.

"조, 조심!"

"으아아악!"

후미를 따르던 한 명의 병사가 잔도의 얼어붙은 길을 가다 발이 미끄러져 천 길 낭떠러지로 떨어져 내렸다. 잡으려 했으나 잡기에는 너무 빨랐다. 병사들 사이로 잠시 음울함이 감돌았다.

휘이이잉!

날카로운 삭풍이 눈발을 날리며 병사들의 전신을 강타했다. 땀이 식기 시작했다. 병사들은 죽은 병사를 뒤로하고 다시 움직이기 시작했다. 몸에 땀이 식지 않도록 해야 한다. 극한으로 내몰린 신체는 얼음이 되어 하나의 주검이 될 수 있으니 말이다.

"밧줄을 서로의 허리에 묶어라!"

그때 들려오는 목소리. 병사들은 서둘러 그 명에 따랐다. 한 명이 떨어진다 해도 많은 병력이 지탱한다면 살아날 수 있다. 물론 미끄러운 지형에 의해 모두 죽을 수도 있을 것이다. 하나 전우라면 기꺼이 같이 죽어야 하지 않을까?

"출바알!"

다시 행군이 시작되었다. 갈수록 병사들의 말수는 줄어들었다.

"후욱! 후욱!"

"멈추지 마라! 목적지가 눈앞이다!"

이제 거의 정상에 도착했다. 정상에 도착한 이후로는 내려가는 일만 남았다. 하지만 산이라는 것이 오르는 것보다는 내려가는 것이 더욱 힘들었다. 오히려 가장 힘든 곳이 남았을 뿐이다. 하지만 웰링턴 백작은 확신하고 있었다.

정상을 넘어서는 그 순간 환경은 급격하게 바뀔 것이다.

춥고 위험하다는 건 마찬가지였지만 그의 예상대로 조금 덜 춥고 바람도 조금 덜 차가웠으며 길 역시 조금 덜 위험했다.

조금이라고는 하지만 중봉의 정상까지 몇 십, 몇 백의 동료를 잃은 병사들에게는 그야말로 편안한 길일뿐이었다. 그렇게 카테인 왕국의 병력은 할키온 산을 넘어섰다. 어려움은 있었지만 결코 포기하지 않은 병사들은 살아남았다.

그들은 눈은 그야말로 형형하게 빛나고 있었다.

한 발 한 발 걸을 때마다 나파즈 왕국에 가까워지고 있다. 나파즈 왕국에 들어서면 죽어간 동료들의 원한을 갚을 수 있을 것이다. 병사들의 기세가 하늘을 찌를 듯했다. 무언가를 극한으로 해냈다는 자신감이 그들 스스로 사기를 끌어올린 것이다.

그리고 마침내 그들의 눈에 나파즈 왕국의 최북단 첫 번째 성이 보였다. 자신들이 목표로 한 곳, 바로 랑닉 성이었다. 멀리 아스라이 보이는 랑닉 성의 모습.

"정지! 휴식!"

카이론이 손을 들어 병사들을 멈추고 병사들에게 휴식을 명했다.

"전투 휴식이 아닌 이틀간 충분히 쉬도록 한다."

"명!"

휴식이다. 지난 보름간 지옥에서 살아나온 병사들에게 휴식이 주어졌고, 병사들은 오랜만에 안락함을 맛보았다. 그리고 이틀이 지난 시간, 그들은 다시 병장기를 들고 두껍게 감싼 털옷을 벗어 던졌다.

전투를 위해 최대한 몸을 가볍게 한 것이다. 나파즈 왕국의 최북단인 관계로 여전히 삭풍이 몰아치기는 했지만 할키온

산의 그 지옥과 같은 곳을 뚫고 온 병사들에게는 그런 삭풍쯤
은 문제도 아니었다.

"준비되었는가?"

"······."

카이론이 물었다. 하나 대답은 없었다. 오로지 형형한 눈
빛으로 카이론을 바라볼 뿐이었다.

"지금 이 순간부터 우리는 위대한 여정을 시작할 것이다.
전군 진격하라!"

담담하게 울려 퍼지는 카이론의 말이 끝나자 그가 선두에
서 가장 먼저 출발했고, 그 뒤를 따라 귀족들과 기사들이 따
랐으며, 마법사와 일반 병사들이 따랐다. 처음에는 조용히 걸
었으나 몇 보 걷지 않아 그들은 달리기 시작했다.

그 시각 그들이 향하는 랑닉 성.

그곳은 어둠에 잠겨 있었다. 일렁이는 횃불을 이용하여 성
벽을 오가는 기사들과 병사들. 그들은 방심하고 있었다. 아니
방심이 아니라 왕국 전체에 전시 체제에 대한 총 동원령이 내
려진 상태에서 정예 병력이 모두 왕도로 향한 상태였다.

성에 남아 있는 병력은 잔여 병력으로서 확실히 정예 병력과
는 상당한 차이가 있을 수밖에 없었다. 그렇다보니 성내 분위
기가 어수선했고, 경계를 강화하였다고는 하나, 정예 병력이
경계하던 때와는 다르게 그 조직이 허술하게 보일 정도였다.

"으으, 춥다!"

"그러게 오늘 따라 더 춥네."

"이럴 땐 럼주 한 잔 캬아~"

성벽을 지키고 있던 경계병들은 조금 추워진 날씨에 뜨뜻한 무언가가 간절하다는 듯한 표정으로 잡담을 나누고 있었다. 그러다 우연히 어둠 속을 응시하던 병사가 입을 열었다.

"어? 그런데 저게 뭐지?"

"뭐가?"

"저거… 뭔가 움직이는 것 같은데?"

"무슨 소리야?"

그러면서 그의 시선이 향한 곳으로 시선을 옮긴 병사의 눈역시 갑자기 커졌다.

"어?"

"맞지?"

"그러네?"

"뭘까? 점점 가까워지는데?"

어둠속에서 일렁이던 것이 점점 가까워지고 있었다. 아직거리가 멀어 확실하게 알 수는 없었지만 뭔가 위화감을 느낀병사들 중 한 명이 보고를 하기 위해 자리를 떠났고, 남아 있는병사는 여전히 일렁이는 어둠을 응시한 채 움직이지 않았다.

그리고 잠시 후 보고를 하러 갔던 병사와 기사 한 명이 성벽 위로 올랐다.

"어딘가?"

"저, 저기……."

일렁임은 조금 더 가까워지고 있었다. 기사는 마나를 눈으로 보내 안력을 돋우었다. 그러자 어렴풋하게 형체가 보이기 시작했다. 너무 먼 거리라 확신할 수 없었지만 분명한 것은 일렁이는 그림자는 분명 군마였다.

"비, 비상종을……!"

불안한 마음에 기사가 외쳤다. 그에 병사는 빠르게 비상종이 있는 곳으로 달려가 급박하게 비상종을 울리기 시작했다.

때대대댕!

그러는 동안 먼 거리에서 일렁이던 일단의 무리가 급격하게 확대되고 선명해지기 시작했다.

"허억! 카테인 왕국!"

기사는 자신도 모르게 외쳤다. 이미 비상종은 울렸고, 성은 시끄러워지기 시작했으며, 곤히 잠에 빠져들어 있던 병사들과 기사들은 빠르게 성벽 위로 올랐다. 그 와중에 풀 플레이트 메일을 갖춰 입은 랑닉 성의 성주가 성벽에 모습을 드러냈다.

"무슨 일인가?"

"저, 적인 듯합니다."

"적? 듯합니다?"

확실하지 않은 기사의 말에 랑닉 성의 성주는 눈살을 찌푸렸다. 확신이 서지도 않았는데 비상종을 울렸기 때문이다. 하지만 이미 일은 벌어졌고, 병사들이 있는 곳에서 기사에게 뭐라 하기에는 조금 그랬다.

그에 혹시나 하는 마음으로 곁에 있는 마법사에게 물었다.

"어떻소?"

"거리가 너무 멉니다."

흑마법사의 경지가 너무 낮았다. 그에 성주는 눈살을 찌푸렸다. 그나마 믿을 만한 것은 역시 자신의 단잠을 깨운 기사뿐이었다. 그때 다시 기사의 목소리가 들려왔다.

"카테인, 카테인 왕국의 병력이 분명합니다!"

기사는 자신의 실수를 만회하기 위해 다시 안력을 돋워 확실하게 카테인 왕국의 인장기를 확인할 수 있었다. 그리고 놀란 마음에 자신도 모르게 외쳤다.

"뭐라?"

그에 놀란 랑닉 성의 성주가 성 밖으로 시선을 돌렸고, 그런 랑닉 성의 성주의 귓가에 확신에 찬 흑마법사의 목소리가 들려왔다.

"그것도 국왕의 깃발입니다."

"허어, 그것이 무슨……."

"어떻게……."

잠시 말을 잃은 세 사람이다. 그들은 꿈에도 생각하지 못했다. 감히 저 엄청난 할키온 산을 넘어올 줄이야. 그것도 한 왕국의 지존인 국왕이 친히 군을 이끌고 왔다.

그들이 이런 생각에 빠져 넋을 놓고 있는 그 순간.

쐐에에엑!

날카로운 소리에 세 사람은 동시에 정신을 차렸고, 그중 기사가 조금 더 빠르게 반응했다.

"위, 위험!"

콰드드득!

"커억!"

기사의 시선이 성주의 가슴으로 향했다. 평범한 장창. 전장에 나가면 누구라도 가지고 다니는 그런 평범한 장창이다. 그 장창이 성주의 가슴을 꿰뚫고 있었다. 핏물이 분수처럼 솟구쳤고, 아직도 그 힘이 남았는지 랑닉 성의 성주는 허공으로 붕 떠올랐다.

급하게 기사 몇 명이 그의 신형을 붙잡았지만 그럼에도 불구하고 그 기사들마저 뒤로 물러나게 만들었다. 성주를 바라보던 선임 기사의 시선이 느릿하게 어둠 속으로 향했다. 그에 그의 귓가로 들려오는 목소리가 있었다.

"나는 카테인 왕국의 제28대 국왕인 카이론 에라크루네스다! 항복하라! 항복하면 살 것이다!"

천둥처럼 울려오는 목소리. 멍하니 그 소리를 들은 선임기사의 눈이 찌푸려졌다. 그리고 랑닉 성의 성주를 받아 든 기사단장에게로 시선을 두었다.

"무얼 하는가? 공격 명령을 내려라!"

"며, 명!"

서슬 퍼런 기사단장의 명에 선임기사는 황급히 검을 빼들고 외쳤다.

"궁병! 사격 개시! 사격하라!"

지금 할 수 있는 원거리 공격 수단은 오로지 화살밖에 없었다. 그나마도 갑작스럽게 내려진 명령에 궁병들은 우왕좌왕했고 중구난방으로 화살이 어둠을 향해 날아갔다. 그래서인지 랑닉 성 궁병의 공격은 제대로 된 효과를 보기 어려웠다.

카테인 왕국의 병력이 점점더 가까워지고 있었다. 원거리에서는 잘 보이지 않았지만 성벽 곳곳에 대낮처럼 밝혀진 횃불과 가까워진 거리로 인해 이제는 맨눈으로도 적의 군세를 확인할 수 있게 된 기사들과 병사들은 입을 벌릴 수밖에 없었다.

랑닉 성 밖을 새까맣게 뒤덮고 있는 카테인 왕국의 병력 때문이었다. 그들의 얼굴은 이내 절망으로 물들었다. 그러함에도 기사단장은 계속해서 활을 쏘라며 병사들을 닦달했다. 하나 그런 닦달조차도 오래가지 못했다.

가장 선두에 선 거대한 체구의 사내, 그 사내가 말안장에서 긴 장창을 하나 꺼내들어 집어 던졌고, 그 장창이 유성과 같이 성문에 부딪침에 정신을 차릴 수 없게 되었다.

콰아아앙! 콰드드득!

두꺼운 성문이 박살나 버렸다.

그리고 그 놀라운 광경에 다시 정신을 차렸을 때 그들에게 들려오는 소리.

"진겨억! 진격하라!"

깨어진 성문을 향해 카테인 왕국의 병력이 노도와 같이 달려들었다. 그들이 성문에 발을 디디고 나서야 겨우 정신을 차린 기사단장은 격렬하게 외쳤다.

"막아! 성문을 막으란 말이다!"

그에 일단의 기사가 부리나케 성문 쪽으로 향했다. 말이 일단이지 현재 성벽 쪽으로 접근하는 카테인 왕국의 병력이 없음에 극히 일부분을 제외하고는 성문 쪽으로 몰렸다. 허겁지겁 성문으로 향한 일단의 기사와 병사.

그들을 기다리고 있는 것은 역시 카테인 왕국의 병력이었다. 그들은 성문에서 진격해 들어오지 않고 있었다. 성문을 점령한 카테인 왕국의 병력은 겨우 5백 명. 하나 그들에게서 뿜어져 나오는 기세는 급하게 달려온 일단의 기사와 병사를 압도하고 있었다.

"쳐라!"

"죽여라!"

선두에 선 기사가 외쳤다. 그에 카이론이 검을 들어 올렸다. 그리고 간략하게 말했다.

"공격!"

"추웅!"

대지를 울리는 외침이 들려왔다. 그 외침에 달려 나가던 랑닉 성의 병력들이 주춤거렸다. 항거할 수 없는 기세가 전해져 옴에 자신들도 모르게 움찔거린 것이다. 그때 그들을 가리킨 카이론의 언월도 끝에서 백색의 광망이 터져 나왔다.

츄와아악!

그 광망은 일직선으로 달려오는 랑닉 성의 병력을 가로질렀다.

"크아아악!"

"으아아악!"

빛은 랑닉 성의 병력을 그대로 관통했다. 그 빛에 스치기만 해도 레더 메일과 풀 플레이트 메일이 녹아내렸고, 관통당한 자는 재가 되어 비명조차 지르지 못하고 죽음을 맞이했다. 그 순간 카테인 왕국군의 진격이 시작되었다.

"국왕 전하를 위하여!"

"카테인 왕국을 위하여!"

그들의 거침없는 진격. 하나 그들의 진격은 그곳에만 한정된 것이 아니었다. 그들의 후위를 이어 수천의 병력이 추가로 쇄도했으며 성벽을 향해 마법과 함께 화살이 검은 파도와 같이 쏟아져 내리고 있었다.

"이, 이것이……."

성벽 위에 남아 있던 흑마법사와 기사들은 입을 쩍 벌릴 수밖에 없었다. 생각지도 못한 공격 방법. 공성장비가 없기에 안심하고 있던 것이 사실이다. 그런데 저들의 공격에는 공성장비가 필요 없었다.

일단의 병력으로 성문을 깨고 들어가고 나머지 병력은 성을 굳건히 에워싸 개미 새끼 한 마리도 도망갈 수 없을 포위망을 구축하고 있었다. 그러는 와중에 축차적으로 깨진 성문을 통해 성 안으로 진군해 들어왔다.

"어, 어떻게 좀……."

뭐라도 해보라는 말이었으나 지금 이 상황에서 흑마법사들이 할 수 있는 일은 극히 드물었다. 그도 그럴 것이, 대부분의 고위급 흑마법사는 카테인 왕국과의 전투를 위해 왕도에 소집되어 있는 상태였고 각 성에 남아 있는 흑마법사는 겨우 통신을 할 수 있을 정도의 실력을 가진 흑마법사였기 때문이다.

카테인 왕국군은 그들이 설마라고, 혹은 전혀 가능성이 없다고 생각한 일을 실제 행동으로 옮겼다. 불가능하다고 생각한 할키온 산을 넘어 나파즈 왕국의 북단을 치고 들어온 것이다.

그에 기사들과 흑마법사들의 얼굴이 절망으로 물들어가기 시작했다. 가망이 없어 보였다. 이미 랑닉 성의 성주는 사망한 지 오래였고 성문 역시 뚫렸다. 성벽에 밝힌 불로 바라본 어둠 속에는 겹겹하게 성을 포위하고 있는 카테인 왕국군만이 보일 뿐이었다.

어디에도 도망갈 구멍이 보이지 않았다.

'어쩌면 나파즈 왕국이 잘못 선택한 것일 수도…….'

기사단장은 아주 잠깐 동안 그런 불길한 생각을 하게 되었다. 하나 이내 고개를 좌우로 흔들어 그 불길한 생각을 지웠다.

"전군, 성문으로 향한다!"

"서, 성벽은……."

"저들이 아무리 상상을 초월하는 전법을 사용한다고 해도 공성장비 없이 성벽을 오를 수는 없을 것이다. 결국 적이 할 수 있는 전법은 성문을 치고 들어오는 것이라 할 수 있겠지."

"하면……."

"북문이 뚫렸으니 북문으로 향한다."

"다른 곳은……."

"포기한다."

"…알겠습니다."

기사단장의 말에 수긍할 수밖에 없었다. 지금의 병력으로 사대문을 모두 막아낸다는 것은 불가능했다. 결국 힘을 하나로 집중할 수밖에 없으니 뚫린 곳을 막아내는 것이 최선일 것이다.

그들은 성벽에서 내려와 의지를 다지며 북문으로 향했다. 그리고 그들은 보았다. 눈부신 광망이 터짐에 북문으로 향하는 길을 빽빽하게 막고 있던 병력이 순식간에 사라지는 것을 말이다.

"저……."

말을 이을 수 없었다. 두려움과 공포에 전신 벌벌 떨리면서 손까지 희게 변해가고 있었다. 머리는 텅 비어버린 듯 아무런 생각이 떠오르지 않았고, 그저 멍하게 그 광경을 바라볼 뿐이었다.

그리고 그 잠깐의 시간 동안 북문이 휑하니 뚫렸다. 가장 선두에 선 자를 중심으로 끊임없이 밀려드는 카테인 왕국군.

"단장님, 정신 차리십시오! 단장님!"

"어? 아!"

그제야 정신을 차리는 기사단장. 그의 얼굴이 침울하게 굳어갔다. 어찌할 수 없었다. 이미 전세는 기울어졌다. 하지만 이대로 물러날 수는 없는 법.

"전구운! 공격하라아!"

검을 빼들어 들어 올리며 목청을 높여 외쳤다. 그에 기사들과 병사들은 무섭게 달려오는 카테인 왕국군을 향해 달려갔다. 기사단장의 검과 카이론의 언월도가 부딪쳤다. 그 순간 카이론의 언월도가 기사단장의 검을 투과하는 것 같은 느낌이 들었다.

"어?"

순간 기사단장은 자신의 목에서 뜨끔한 무언가를 느꼈고, 그와 동시에 전신의 힘이 모조리 빠져나가는 것 같았다. 그리고 세상은 어둠 속에 잠들었다.

"항복하라! 항복하면 살 것이다!"

순식간에 기사단장이 죽고 정신을 차린 기사들과 병사들이 패색이 짙은 표정이 되었을 때 그들의 귓가를 울리는 목소리.

툭!

힘없이 무기를 던질 수밖에 없었다. 어찌할 수 없었다. 상대가 되지 않음에 이곳에서 검을 들고 항전한다는 것은 곧 죽음을 의미했으니까. 한 명의 병사가 검을 던지자 뒤이어 몇 명의 병사가 검을 던졌다.

그리고 그것이 파도처럼 이어졌다. 마침내 두 무릎을 펴고 서 있는 나파즈 왕국의 병사는 없었다. 있다면 아직까지도 검을 던지지 않고 힘들게 서 있는 기사들뿐이었다.

뚜걱뚜걱!

카이론은 말을 몰아 앞으로 나갔다. 그에 기사들은 검을 들고 있음에도 불구하고 길을 열 수밖에 없었다. 항전의 의지가 없는 것이다. 그러한 기사들을 스쳐 지나가며 카이론이 나직하게 입을 열었다.

"무장을 해제하도록!"

"명!"

카테인 왕국의 기사들이 나파즈 왕국의 기사들 곁으로 다가가 검을 빼앗고 풀 플레이트 메일을 수거했다. 누구 하나 저항하는 이가 없었다. 카이론은 그대로 내성으로 향했고, 그의 길을 막아서는 자는 아무도 없었다.

그리고 그가 진입한 내성 깊숙한 곳에서는 급박한 호흡 소리가 들려오고 있었다.

"허억허억! 빠, 빨리!"

한 명의 로브인과 한 명의 기사였다. 내성 깊숙한 곳으로 달리는 그들은 상당히 낭패한 모습이었다. 기사는 풀 플레이트 메일을 벗어 던진 지 오래였고 얼굴에는 피곤한 기색이 역력했다.

기사가 그러할진대 그를 따르는 로브인은 어찌할까? 평소 깊숙하게 눌러쓰고 있던 후드는 벗겨진 지 오래였고, 새하얀 얼굴은 흘러내리는 땀으로 번들번들했다. 그리고 마치 곧 쓰러질 듯 휘청거리고 있었다.

지금 그들이 향하는 곳은 내성 깊숙한 곳에 만들어진 비상 탈출 텔레포트 마법진과 함께 왕실 마탑주와 직통으로 연결되는 비상 통신용 수정구가 있는 곳이었다. 평소에는 그리 멀지 않은 곳이었다. 그런데 오늘 따라 그 길이 어찌나 멀게 느껴지는지 둘은 숨이 턱에 차도록 달려도 도착할 기미가 안 보였다.

"후욱! 후욱! 잠, 잠시 쉬, 쉬어가세."

쓰러질 듯 위태위태하던 마법사가 기어코 입을 열었다. 그에 기사 역시 힘들었는지 달리던 걸음을 멈추고 거칠게 숨을 몰아쉬며 벽에 기대섰다.

"허억! 후욱!"

그러면서도 귀를 기울여 자신을 쫓아오는 이들이 있는지 없는지를 살폈고, 어떠한 소리도 들리지 않음에 안심했는지 나직하게 한숨을 내쉬었다.

"서, 설마 할키온 산을 넘어올 줄이야……."

"독한 놈들."

그들은 생각지도 못했다는 듯 고개를 절레절레 저으며 약간의 휴식을 가진 후 다시 일어서 빠르게 걸음을 옮겼다. 이제 얼마 남지 않았다. 그들은 안도감을 느끼고 있는 것이 분명했다.

바로 코앞이 비밀 장소이다. 자신들은 살 수 있었고, 최후의 임무를 달성할 수 있었다.

그그그극!

둔중한 소리를 내며 두꺼운 석문이 열렸고, 석실 안으로 들어서자마자 마법사는 텔레포트 마법진과 통신 수정구에 마력을 불어 넣어 활성화시켰다.

후우우웅!

텔레포트 마법진에서 검푸른 색의 빛이 터져 나왔으며, 통신 수정구 역시 검녹색의 빛이 떠올랐다. 그리고 통신 수정구를 통해 허공에 하나의 영상이 맺히더니 바로 나파즈 왕국의 왕실 마탑주인 하우스호퍼 후작의 모습이 떠올랐다.

[무슨 일인가?]

비상 통신이기에 놀란 듯한 표정을 지어 보이는 하우스호퍼 후작. 그에 마법사는 최고의 예를 취하며 입을 열었다.

"랑닉 성의 통신 마법사 기에르 모어입니다."

[한데?]

"카테인 왕국의 병력이 할키온 산을 넘어 본성을 점령했습니다."

[무, 무어라? 카테인 왕국군이 말인가?]

"그렇습니다."

[성주는?]

"전사했습니다."

[허어~]

대화가 끊어졌다. 하우스호퍼 후작 역시 카테인 왕국군이 하늘 아래 가장 높은 곳이라 일컫는 할키온 산을 넘을 줄은 몰랐음이다.

[점령당했다 했는가?]

"그렇습니다."

[일단 복귀하도록.]

"명을 받듭니다."

통신이 끝나자마자 마법사와 기사는 텔레포트 마법진에 올랐고, 검푸른 색의 광망이 터져 나오며 그들의 모습이 서서히 사라져 갔다.

콰아아앙! 후두두둑!

그때 절대 깨지지 않을 것 같은 석실 문이 터져 나가며 기이하게 생긴 언월도가 날아들었다. 그에 기사와 마법사는 해연히 놀랐고, 언월도는 사라져 가는 마법사와 기사의 가슴을 스쳐 지나갔다. 하나 이미 늦었음인가?

언월도가 그들을 스치고 지나가는 순간 그들의 모습은 텔레포트 마법진에서 완전히 사라져 버렸다.

"쯧! 조금 늦었군."

목소리의 주인공은 바로 카이론이었다. 과거 알카트라즈
에서도 이런 경우가 있었다. 그것을 떠올리고 혹시나 해서 비
밀 공간을 찾았는데 이번에도 역시 늦었다. 살짝 눈살을 찌푸
린 카이론은 미련 없이 신형을 돌려 세웠다.

"그 또한 나쁘지 않지."

발각되면 발각되는 대로 나쁘지 않다고 생각했다. 어차피
자국의 영토가 아닌 나파즈 왕국의 영토에서 전투를 치를 것
이라면 말이다. 다만 기습의 효과가 단 한 번으로 끝나는 것
이 아쉬울 따름이었다.

*　　　*　　　*

"쿠허억!"

"꺼억!"

나파즈 왕국의 왕실 마탑 깊숙한 곳의 비상 텔레포트 마법
진에서 검푸른 빛이 터지며 두 명의 인물을 토해냈다. 하나
두 인물은 텔레포트 마법진에서 벗어나자마자 심각한 부상을
입은 듯 핏물을 토해냈다.

마법사는 목이 잘려 그대로 절명하고 말았고, 기사는 가슴

에 심각한 부상을 입어 목숨이 경각에 달린 듯 헐떡였다.

"이, 이런……."

"무얼 하는가, 어서 옮기지 않고?"

누군가의 외침에 텔레포트 마법진을 지키고 있던 기사들과 마법사들이 분주하게 움직였으며, 그중 가장 나이가 많은 자가 기사를 향해 연거푸 힐을 시전했다.

"힐! 힐! 힐!"

몇 번의 힐을 계속한 끝에 겨우 쩍 벌어진 가슴의 상처가 아물기 시작하며 고통스러워하던 기사의 숨소리가 평온해졌다. 하지만 기사의 얼굴은 그다지 좋지 않았다. 창백한 것이 상처가 아물기는 했지만 결코 살아날 가망성은 없어 보였다.

그들은 곧바로 상부에 보고했다. 그리고 그 순간 나파즈 왕국의 내부에서는 심각한 논의가 시작되었다.

"북의 랑닉 성이 공략당했습니다."

"랑닉 성이 말이오?"

"허어, 어찌 그런 일이……."

"적들이 할키온 산을 넘었다는 말이오?"

까랑까랑한 목소리를 받아 중구난방으로 여기저기에서 당혹스러운 음성이 튀어나오고 있다. 상상조차 하지 못한 일이었기 때문이다.

"조용, 조요옹!"

그때 중후한 목소리가 흘러나왔다. 그에 놀라 당혹해하던 이들이 일제히 입을 닫았다. 그리고 한곳으로 시선을 집중했다.

"랑닉 성은 어떻게 되었다고 하던가?"

"적의 수중에 떨어졌사옵니다."

"그렇군."

"그것을 어떻게 알게 되었소?"

"비상 통신망을 통해 알게 되었사옵니다."

"과연……."

"하면 그 통신을 알려온 마법사는 살아 있소?"

"안타깝게도 마법사는 목이 잘려 죽었고 기사는 사경을 헤매고 있사옵니다 ."

"허어~"

하우스호퍼 후작의 보고에 나파즈 왕국의 국왕은 허탈한 소리를 내었다. 그러다 문득 자신의 좌측에 있던 제퍼슨 브라운 후작을 보며 물었다.

"그것이 가능하오? 내 알기로 텔레포트 마법이 시전되는 와중에는 어떠한 외부 간섭도 있을 수 없다는 것으로 알고 있소만."

"그것이… 불가능하지는 않습니다. 검의 경지가 극에 달한 마스터 중의 마스터라면 말입니다."

"하면 적국에 그만한 자가 있다는 것이오?"

"아마 그렇지는 않을 것입니다. 소신의 예상으로는 텔레포트 마법진에 들기 전에 공격당했을 가능성이 농후하오니다."

"그렇군. 어쨌든 상당한 실력자가 북의 랑닉 성을 점령했다는 것이로군."

"그렇사옵니다."

나파즈 왕국의 왕과 귀족들의 얼굴이 참담해졌다. 선제공격을 해야 하거늘 오히려 선제공격을 당한 꼴이다. 약간의 침묵이 흐르고 있을 때 대전 문이 열리며 등에 전령 깃발을 꽂은 기사 두 명이 급박하게 들어왔다.

"국왕 전하께 아뢰옵니다!"

마치 입을 맞춘 듯이 두 기사가 외쳤다. 국왕의 시선이 그들에게로 향하며 이마에 내천 자를 그렸다. 무언가 마음에 들지 않는다는 모습이다. 분명 전령이었으나 그들은 그야말로 낭패한 모습 그대로였다.

깔끔해야 할 그들의 모습은 온데간데없고 풀 플레이트 메일은 온통 찌그러지고 깨졌으며 전신에 피 칠갑을 하고 있었다. 그들의 등에 꽂은 깃발을 보니 하나는 선봉으로 보낸 선봉대의 깃발이고 하나는 나파즈 왕국의 남부 영주의 깃발이었다.

"고하라!"

국왕의 말에 서로의 눈치를 보던 기사 중 선봉대의 기사가 먼저 입을 열었다.

"접경 지역의 악숨 성을 공략하던 5천의 선봉대가 적의 계략에 말려 전멸당했사옵니다."

"……!"

순간의 정적. 그 누구도 말을 내뱉을 수 없었다. 설마 선봉으로 보낸 선봉대가 전멸당할 줄은 몰랐기 때문이다.

"견제만 하라 하지 않았던가?"

누군가의 노호성이 터졌다. 그에 기사는 움찔할 뿐 말을 하지 못했다. 명령을 어기고 공명심에 눈이 멀어 악숨 성을 공략하고자 했기 때문일 것이다.

"그만! 적의 병력은 어떠하던가?"

그때 브라운 후작이 그 누군가를 제지하고 침착하게 물었다.

"악숨 성은 몇 년 전보다 더 높고 두꺼운 성벽으로 보수되었고, 좌우 1킬로미터 지점에 단단한 토성이 축성되어 있었습니다."

"그러하고?"

"때문에 공략이 쉽지 않을 것임을 안 사령관님은 바로 군을 물려 진영을 가다듬었으나 1만에 이르는 남 카테인 왕국군이 배후에서 진격해 옴에 전멸당했습니다. 크흐윽!"

분하다는 듯이 입을 여는 기사와 기사의 보고에 고개를 끄덕이는 브라운 후작이다.

"남 카테인 왕국이 내전 중임에도 불구하고 많은 준비를
한 것 같사옵니다."

"많은 준비라……. 아국이 그 정도도 넘지 못하는 것인
가?"

"물론 그리 크게 상심하실 필요는 없사옵니다. 실바 자작
이 방심했을 것이옵니다. 상황이 달라지면 전략 역시 달라져
야 하겠으나 그에 적절히 대응치 못한 것이옵니다. 또한 이번
선봉의 의미는 남 카테인 왕국의 대비를 알아보기 위한 것이
니 그리 나쁘지 않은 결과라 할 수 있사옵니다."

"으음."

브라운 후작의 5천의 병력쯤은 사라져도 아무렇지도 않다
는 듯한 말에 나파즈 왕국의 국왕은 고개를 주억거릴 뿐이다.
그들에게 있어 지금 이 순간 드는 생각은 단 하나였다.

'왕국을 위해 목숨을 바쳤으니 그보다 더 명예로운 죽음이
어디 있단 말인가?'

'나파즈 왕국을 위하여!'

'국왕 전하 만세!'

나파즈 왕국이 제국으로 발돋움하기 위해 반드시 필요한
왕국이 바로 카테인 왕국이다. 비수를 뒤통수에 두고 제국 전
쟁을 시도할 수는 없었다.

"수고했다. 쉬도록 하라."

"추웅!"

악숨 성에서 온 기사가 물러났다. 그리고 남은 기사는 한 명. 그 기사는 상당히 힘든 모습으로 버티고 있었다.

"보고토록 하라!"

"남부 라이슨 성이 남 카테인 왕국의 손에 떨어졌사옵니다."

"그, 그것이 정말인가?"

"또한······."

"또한?"

"이곳으로 오는 동안 남부의 세 개 성이 적에게 동시에 공격당하고 있다 하였사옵니다."

비교적 정확하게 말하는 기사였다. 하나 말과 달리 그 기사의 얼굴은 점점 더 창백해져 가고 거칠게 숨을 몰아쉬고 있었다.

곧 죽을 것 같은 기사의 모습에 국왕은 손을 흔들어 보였다. 그에 두 명의 기사가 나와 보고하던 기사를 부축해 대전을 나갔다. 그리고 대전에 적막이 감돌았다.

"허어, 이게 무슨······."

만천하를 밝힐 나파즈 왕국, 국왕의 입에서 허탈한 목소리가 흘러나왔다. 완벽하게 승기를 잡았다고 생각했다. 카테인 왕국은 둘로 나눠져 있었고, 북쪽에는 자신의 아들이 따로 왕국을 세워 그들을 압박하고 있을 터였다.

그러함에도 지금 드러난 이 상황은 대체 뭐란 말인가? 이해할 수 없었다. 마치 기다렸다는 듯이 기습해 단 한 번도 점령당해 본 적 없는 남부와 북부의 성을 점령해 버렸다. 또한 선봉대로 보낸 5천의 병력은 전멸했다.

"믿을 수 없군."

정말 믿을 수 없었다.

제3장

양동작전

Warrior

"결국 군을 셋으로 나눠야 한단 말인가?"

"그렇사옵니다."

나파즈 국왕의 물음에 브라운 후작과 하우스호퍼 후작이 어렵게 입을 뗐다. 실로 황망한 일이 아닐 수 없었다. 승전을 확신했건만 도대체 이것이 무슨 일이란 말인가? 그들도 사실 믿어지지 않았다.

하지만 믿지 않는다고 해서 현실이 바뀌는 것은 아니었다. 결국 60만의 대병을 세 방향으로 나눠야만 했다. 그것도 타국의 땅에서가 아니라 자국의 땅에서였으니 이 얼마나 개탄할 일인가?

하나 개탄만 하고 있을 수는 없지 않은가?

"해서 어찌했으면 좋겠는가?"

"적이 남부와 북부를 침습했다. 하나 그 병력의 수가 그리 많지 않음에 주력을 여전히 중부로 결집해 카테인 왕국으로 진군케 하시고, 남부와 북부 각 방면으로 5만의 병력을 보내 그들을 징치케 하는 것이 옳을 것이옵니다."

"하면 누구를 보낼 것인가?"

"북부 방어 사령관으로는 하워드 럼스펠드 공작이 타당할 것이며, 남부 방어 사령관으로 사무엘 워싱턴 후작이 타당할 것으로 사료되옵니다."

하우스호퍼 후작의 건의에 나파즈 국왕은 고개를 끄덕였다. 둘 다 주전파이기보다는 주화파에 가까운 귀족들이다. 그 중 하워드 럼스펠드 공작은 주화파를 이끄는 수장이라 할 수 있는 귀족이니 참으로 적절한 배치라 할 수 있었다.

사실 카테인 왕국의 친정을 천명하면서 내심 자국에 남아 있을 주화파들이 마음에 걸리기는 했다. 하지만 어쩔 수 없었다. 자신이 아무리 강력한 왕권을 가지고 있다고 해도 친형인 럼스펠드 공작의 의견을 아주 무시할 수 없었기 때문이다.

그러함에도 대대로 이어져 내려온 카테인 왕국의 정복이라는 대의명분에 하나로 결집할 수 있었다. 하지만 여전히 주화파인 그들이 걸리지 않을 수 없었는데 때마침 주화파인 그들이 딴 생각을 할 수 없도록 하기에 딱 좋은 병력이 자국의 영토를 침범했으니 이 상황이 별로 나쁘지 않다고 생각하는 나파즈의 국왕이다.

"어떻소, 할 수 있겠소?"

나파즈의 국왕이 자신의 유일한 형제이자 자신에게 유일하게 반하는 세력의 지도자인 럼스펠드 공작에게 물었다. 그에 럼스펠드 공작은 그의 명을 받아들일 수밖에 없었다. 발을 빼면 자신의 세력은 와해될 것이 뻔했다.

하지 않겠다고 하면 국운을 건 대의명분에서 밀림과 동시에 국왕의 명에 반하는 역적이 되는 것이고, 하겠다고 하면 현 국왕에게 허리를 숙이는 꼴이니 어떻게 한다 해도 자신에게는 결코 좋은 결과를 가져오지 못했다.

하지만 하지 않을 수 없었다.

"충심으로 국왕 전하의 명을 받들겠사옵니다."

럼스펠드 공작의 말에 흡족한 표정을 지어 보이는 나파즈의 국왕이었다.

항상 고개를 꼿꼿이 들고 자신을 향해 적의를 드러내던 친형을 무릎 꿇게 한 것이다.

"럼스펠드 공작이 거국적인 시각으로 과인의 명을 수락했음이니 그를 북부 방어 사령관으로 임명하고 사무엘 워싱턴 후작을 남부 방어 사령관으로 임명하며, 각 5만의 병력과 함께 각 방면의 군에서 병력을 징집할 권한과 일체의 군사적 행위에 대한 전권을 일임하노라!"

"명을 받듭니다."

이로써 나파즈 왕국 역시 준비가 끝났다. 예정보다 빠르게 움직이기는 했지만 그리 어려운 일은 아니었다. 이미 준비를 하고 있었으니 그 준비를 조금 더 빨리 당긴 것뿐이다.

대전 회의가 끝났다.

럼스펠드 공작과 워싱턴 후작, 그리고 그들을 지지하는 일단의 귀족이 그들의 뒤를 따라 움직였다. 그들의 뒤를 따르는 귀족들의 표정은 그야말로 침중했다.

"정말 국왕 전하의 명을 따르실 요량이십니까?"

"따르지 않으면?"

"그야……."

한 귀족이 럼스펠드 공작에게 물었다. 하나 되물어오는 럼스펠드 공작의 말에 얼버무릴 수밖에 없었다. 하지만 럼스펠드 공작은 그 귀족을 탓하지 않았다.

"지금은 자중해야 할 때이네."

그의 한마디에 그를 따르는 귀족 모두가 침묵했다. 그들도 럼스펠드 공작의 말이 무슨 뜻인지 아는 탓이다.

"또한 반드시 방어해 내야만 하며 적장을 잡는다면 더욱 좋겠지."

상황은 그렇게 흘러갔다. 자신들이 아무리 주화파라고는 하지만 지금은 전쟁 중이었다. 전쟁 중에 자국의 영토를 침입해 들어온 적과 싸우지 않는다면 오히려 전 왕국민의 지탄을 받을 것이 뻔했다.

명분은 완벽하게 국왕에게로 넘어갔다. 그래서 럼스펠드 공작은 지금은 자중해야 한다고 말한 것이다. 그리고 그 자중 속에는 자국의 영토를 침입한 카테인 왕국군을 반드시 패퇴시켜야 한다는 전제가 깔려 있었다.

"일단 승전을 한 후 다시 보도록 하지."

"알겠습니다."

결국 그렇게 그들은 각각 5만의 병력과 자신들을 따르는 귀족과 기사들을 대동해 각자 맡은 바 임무를 수행하기 위해 남과 북으로 갈라졌다.

럼스펠드 공작은 지금 이 상황이 굉장히 마음에 들지 않았다. 갑작스럽게 전장이 타국의 영토에서 자국의 영토로 옮겨 왔으니 당연했다. 자신이 아무리 현 국왕과 대립각을 세우고 있다고는 하나 왕국의 위험을 모른 체할 수는 없었다.

"적에 대한 정보는?"

나직하게 묻는 럼스펠드 공작에게 근 30년 동안 그의 곁에서 참모의 역할을 충실하게 하고 있는 제이슨 마즈넬라 백작이 조심스럽게 입을 열었다.

"약 4만으로 추정됩니다."

"4만이라……. 그리 많은 병력은 아니로군. 어디까지 왔다던가?"

"북부의 두 개의 성을 점령하고 현재 버논 성으로 향하고 있다 합니다."

"벌써… 버논 성인가? 생각보다 빠르군."

카테인 왕국군의 진격 속도가 생각보다 빨랐다. 당혹스러울 정도였다.

"버논 성이 함락된다면 다음은 어디일 것이라 생각하나?"

"현재 그들이 함락한 성은 랑닉 성과 알리마 성입니다. 그리고 버논 성을 함락한다면 이렇게 삼각형 모양이 형성됩니다."

"계속 진격해 올 것이라고 생각하는가?"

"아닙니다. 후속군을 기다릴 것입니다."

"그럴 테지."

마즈넬라 백작의 말에 북부를 침입한 카테인 왕국군의 의도를 명확하게 알 수 있었다. 그들은 세 개의 성을 함락시키고 견고하게 지키면서 후속군을 기다릴 것이다. 4만이라는 병력이 많기는 하지만 60만 대군이 있는 나파즈 왕국을 어찌해 볼 수 있는 병력은 아니기 때문이다.

남과 북의 병력을 합해야 겨우 9만인 카테인 왕국군이 나 파즈 왕국에서 전투를 벌이기에는 한계가 있다는 말이다. 그러면 결과적으로 추가의 파병 병력이 있다는 것을 의미한다.

그리고 그것을 미리 파악한 현 나파즈 국왕은 자신들을 교묘하게 설득해 자신을 따르는 병력이 남과 북을 막아내는 동안 중부를 통해 카테인 왕국으로 진격해 들어갈 의도인 것이다.

그리고 그 계획에는 그런 순수한 의도만 존재하지 않았다. 여차하면 자신의 평생 정적을 제거하고자 하는 계략까지 숨어 있었다. 카테인 왕국군이 생각보다 강하다면 분명 럼스펠드 공작은 패할 것이고, 패하게 된다면 그 죄를 물어 숙청할 수 있다.

한마디로 이번 남부와 북부를 선공한 카테인 왕국은 현 나파즈 국왕에게 정적을 제거할 명분을 제공한 것이나 다름없었다. 물론 그 내면에는 반드시 카테인 왕국을 점령하고 왕국을 전쟁터로 만든 카테인 왕국군을 완벽하게 제압할 수 있다는 자신감에서 기인한 것이기는 하지만 말이다.

"하면 어떻게 했으면 좋겠나?"

"지금까지 그들의 전력으로 보아 공작 각하께서 탈로스 성에 도달한다면 버논 성마저 그들에게 함락되었을 가능성이 농후합니다."

"그렇겠지."

수긍할 수밖에 없었다. 지금 그들은 상상조차 할 수 없을 정도로 빠른 진격 속도를 보이고 있었다. 그들이 랑늬 성을 함락했다는 보고를 들은 지가 겨우 이틀 전이다. 이미 병력은 출정 준비를 완비하고 있었기 때문에 명이 떨어진 지 이틀 만에 출병했다.

사실상 대단히 짧은 시간. 4만이라는 병력이 이동하기에 이틀은 그리 긴 시간이 아니다. 그런데 그 짧은 시간 동안 알리마 성을 함락하고 다시 버논 성으로 향한다고 했으니 그들의 전력이 어떠할지에 대해서는 보지 않아도 알 수 있었다.

그들의 전력도 전력이지만 그들은 어떻게 했는지 한발 먼저 성에 도달했다. 그리고 준비하지 못한 성을 함락했다. 공성 장비도 없이 말이다.

'솔직히 궁금하군. 어떻게 공성 장비도 없이 단단한 석성을 함락시켰는지 말이야.'

이것이 솔직한 럼스펠드 공작의 심정이다. 하지만 확인할 길이 없었다. 직접 보지 않는 한은 말이다.

"전령을 보내도록 하게."

"탈로스 성으로 말입니까?"

"탈로스 성을 중심으로 좌는 비르 성, 우는 롤랜드 성까지 총 여덟 개 성의 성주에게 보내게."

"명!'

럼스펠드 공작은 그 여덟 개의 성을 하나로 연결시켜 방어 진지를 구축하고 4만의 카테인 왕국군을 저지하며 나아가서 반전을 꾀하고자 한 것이다. 마즈넬라 백작의 분석이 맞다면 그들은 분명히 버논 성에서 진격을 멈추고 호흡을 가다듬을 것이다.

어떻게 보면 참으로 적절한 명이라고 할 수 있었다. 그들의 생각대로 랑닉 성을 함락한 카이론이 알리마 성과 버논 성을 함락하고 멈춰 선다면 말이다.

* * *

"저곳이 버논 성인가?"

"그렇습니다."

"아직 완성되지 않았군."

그의 말은 곧 방어 준비가 철저하지 않다는 것을 의미했다. 버논 성의 나파즈 왕국군은 알리마 성과 버논 성의 거리를 생각해 준비하고 있었다. 영지민을 소개시키고 병사들을 징집하고 식량과 무기를 불출했다.

순차적으로 준비해 나가는 것이다. 알리마 성과 버논 성의 거리는 말을 바꿔 타며 달린다면 이틀이면 도착할 거리이다.

하나 다수의 인원을 대동해 움직인다면 적어도 보름 내지 한 달 내내 이동해야 할 거리다.

그 이유는 두 성을 연결하는 길이 결코 평탄하지 않고 산길과 오솔길로 연결되어 있기 때문이다. 주변 왕국을 아우르는 강력한 힘을 가진 나파즈 왕국이었지만 정작 적의 침입을 우려하여 도로를 내지 않은 탓이다.

대신 그들은 흑마법을 이용해 각 성과 지역을 거미줄처럼 연결했다. 물론 대규모의 인원이나 물건을 이동시킬 수는 없지만 말이다. 어쨌든 그러하기에 이런 전쟁이 터지면 이동이 매우 불편할 수밖에 없었다.

그것을 알고 있는 버논 성의 귀족과 기사들은 그러한 지리적인 이점을 이용하고자 했다. 비록 짧은 시간에 랑닉 성과 알리마 성이 점령당했지만 그들은 아직 그리 큰 경각심을 가지고 있지 않았다.

그러한 탓에 카이론이 멀리서 지켜본 버논 성은 한가롭기 그지없었다. 성 주변에 형성된 마을에는 아직도 영지민의 소개가 끝나지 않았고, 성문은 굳게 닫히지 않고 많은 상인과 용병이 오가고 있었다.

전혀 긴장하지 않고 있는 모습이다. 물론 성벽이나 성문에는 더 많은 병력이 배치되었고, 성문을 드나드는 이들에 대한 검문검색이 더욱 강화되기는 했지만 이 정도는 그저 초기 단계의 대응이라고밖에 볼 수 없었다.

"동문은 에르빈 롬멜 자작이, 서문은 조지 스미스 패튼 자작이, 남문은 게오르그 주코프 자작이 맡는다. 공격 시각은 금일 밤 00시. 이상!"

"충!"

카이론의 명에 나직한 울림이 퍼졌고, 그들은 전의를 다졌다.

명을 받은 각 귀족은 각자의 병력을 이끌고 해당 지점으로 은밀히 움직이기 시작했다. 사실 나파즈 왕국의 북쪽은 산악 지형이 많아 쉽게 움직일 수도 없었지만 쉽게 발각되지도 않았다.

그들은 몬스터를 방어하기 위한 최소한의 병력을 제외하고는 모두 왕도로 보낸 상황이다. 그들이 공백이 생긴 병력을 채울 수 있는 것은 바로 용병이었다. 왕국의 지원을 받아 용병을 대거 고용한 것이다.

그러하기에 평소보다 경계가 소홀해질 수밖에 없었다. 충원된 병력은 충분했으나 그 질적인 면에서는 현저하게 떨어졌다.

그 덕분에 카이론은 크게 힘들이지 않고 두 개의 성을 함락할 수 있었다. 하지만 아직도 나파즈 왕국의 귀족들은 그 심각성을 깊이 깨닫고 있지 않았다. 그 연유는 단 한 번도 침략을 허용하지 않은 그들의 지형지세 때문이었다.

결코 쉽게 인간의 걸음을 허용치 않는 북부의 영토, 그리고 주변을 잠식하는 강력한 무력. 나파즈 왕국은 단 한 번도 자국의 영토에서 전쟁을 치러본 적이 없었다. 그것이 지금에 있어서 가장 큰 약점이라 할 수 있었다.

카이론은 그 약점을 집요할 정도로 파고들 작정이다. 적은 방심하고 있고, 전쟁에서 승리하는 방법 중에 하나는 적이 방심한 틈을 집요하게 파고드는 것이다. 그것을 증명이라도 하듯이 적은 자신들이 행군하는 길목에 정찰병조차 내보내지 않았다.

제대로 된 대응이라면 혹시라도 모를 적을 위해 정찰병을 투입해야 한다.

'덕분에 수월해지기는 했지만… 중요한 것은 지금 올라오고 있는 병력이겠지.'

드러난 모습만 본다면 카이론의 진군은 그야말로 전격적이라 할 수 있었다. 하지만 카이론은 진격함에 있어 절대 충동에 의해서 본능적으로 움직이지 않는다.

지금과 같은 사실은 모두 철저한 계획 아래 과거 슐리펜 공작의 휘하에 있던 어둠들을 이용한 치열하고 정확한 정보에 의거한 것이었다.

그리고 그 치밀한 정보에 의하면 버논 성은 결코 큰 문제가 아니었다. 제대로 방비조차 되지 않은 성을 함락하는 데 힘을 들일 이유가 없었다. 문제라면 지금 자신들을 방어하기 위해 올라오는 5만에 달하는 병력이고 그들이 펼칠 긴 방어 전선이다.

그리고 본국에 남아 있는 나파즈 왕국의 삼왕자 역시 마찬가지였다. 그곳에 슐리펜 공작을 배치했고 일곱 개의 별 중 다섯 명을 투입시켰지만 오히려 적진에 들어와 있는 자신보다 그들이 더 걱정이었다.

슐리펜의 말에 의하면 그것이 무엇인지는 정확히 알 수 없지만 마샬 삼왕자는 상당히 위험한 일을 진행하고 있었기 때문이다. 상당한 양의 흑마력이 마샬 삼왕자가 있는 왕도로 몰려들고 있었다.

"하나씩 하나씩 풀어 나가야겠지. 본국이 위험해진다면 잔뜩 웅크리고 있는 그 역시 움직이지 않을 수 없을 것."

카이론의 눈동자가 심유해졌다. 그의 눈동자가 심유해짐과 동시에 서서히 어둠이 깔리기 시작했다.

성내와 통하는 성문이 평소보다 일찍 올라갔고, 이내 경계가 조금 더 강화되었으며, 사방은 적막 속으로 빨려들어 갔다.

그 시각 카이론이 이끄는 병력이 움직이기 시작했다. 일찌감치 휴식을 취하고 전투 식량을 섭취했기에 병사들의 사기와 체력은 충만했다. 그들의 움직임은 은밀하기 그지없었다. 마치 어둠과 동화된 양 움직이고 있었다.

갖가지 나무와 풀을 레더 메일에 꽂았고, 얼굴은 전혀 빛이 없는 검은색으로 칠해 위장했으며, 각종 소리가 날 수 있는 날붙이는 끈으로 묶어 이동 중에도 소리가 나지 않도록 방지했다.

그러하니 아무리 밤눈이 좋은 이들이라 할지라도 그들의 움직임을 감지하기는 극히 힘들 것이다. 그러한 그들의 움직임이 점점 빨라졌다. 처음에는 소음이 나지 않도록 극히 조심했지만 버논 성의 성문에 가까워질수록 그들은 과감해지기 시작했다.

"어? 저게 뭐지?"

"뭐가?"

"저기, 저기 말이야. 뭔가 움직이는 것 같지 않나?"

"어디? 어? 정말 그런데?"

성벽 위에서 경계를 서던 병사가 성 밖의 어둠속을 가리키자 함께 있던 병사 역시 어둠 속에서 일렁이는 것을 보고 동의했다.

"뭐지?"

"몬스턴가?"

"몬스터일 리 없지. 지금은 산속에도 먹을 것이 넘쳐나. 그리고 알람 마법을 무력화시킬 수 있는 몬스터는 없지 않나?"

"그렇긴 한데… 그럼 뭐지?"

그들은 지금 꿈에도 생각하지 못하고 있었다. 어둠 속에서 일렁이는 것이 바로 카테인 왕국의 병력일 것이라고는 말이다. 그러는 동안 점점 그 일렁임이 커지며 급속도로 성과 가까워지고 있었다.

"어? 사람?"

"그런데?"

둘은 마주 보았다.

"설마……?"

놀란 눈이 된 두 병사. 한 명의 병사는 마른침을 삼키고 있고 또 한 명의 병사는 빠르게 비상종이 있는 곳으로 내달렸다. 병사는 허겁지겁 비상종의 끈을 잡고 흔들기 시작했다.

때대대댕! 때대대댕!

"적이다! 적의 기습이다!"

병사의 외침이 북문 전체에 울려 퍼졌다. 그와 동시에 병사의 귓가를 울리는 굉렬한 폭발음이 있었다.

콰아아앙! 와직!

콰아아앙! 우직! 쿠르륵!

순간 북문이 번개를 맞은 듯 거대한 폭음과 눈부신 빛을 쏘아내며 쪼개지기 시작했다.

"저, 저……."

비상종을 울린 병사는 그 모습에 저도 모르게 비상종을 잡은 끈에서 손을 내렸다.

"꿀꺽!"

그리고 마른침을 삼켰다.

"공겨억! 공격하라!"

"우와아아!"

상상도 할 수 없는 전술. 그 누가 있어 성문을 박살내고 공성을 하고자 할까? 그리고 성문이라는 것은 검으로 부술 수 있는 그런 간단한 문이 절대 아니었다. 충차를 동원해 수십 명의 병사가 무지막지하게 들이쳐야만 겨우 부서지는 그런 문이다.

그리고 랑닉 성이 함락되었다는 소식이 들려오자마자 성문을 더욱더 보수했다. 충차라 할지라도 그리 쉽게 성문을 부술 수는 없을 것이라 자신했다. 그런데 저건 뭔가? 어둠 속에서도 선명하게 보일 정도의 거대한 체구의 사내가 기이하게 생긴 병기를 서너 번 휘두르자 으깨지듯이 부서져 나가는 성문이라니.

"마, 막아라!"

뒤늦게 허겁지겁 풀 플레이트 메일 착용도 제대로 못한 채막사를 뛰어나오는 기사가 있었다. 병사들 역시 허겁지겁 레

더 메일을 걸치고 장창과 방패, 혹은 검을 들어 올렸다.

"마… 껵!"

하지만 한 번 더 외치려 들던 기사의 목이 잘려 나갔다. 몇 천의 병력이 한꺼번에 들이닥쳤다. 북문은 그렇게 순식간에 점령당했다. 그에 북문을 제외한 세 성문을 지키고 있던 병력과 용병들이 빠르게 북문으로 향했다.

최소한의 병력으로 운용되던 경계 병력이 빠진 각 성벽.

철컥!

그 성문 위로 쇠로 된 갈고리가 날아올라 벽과 벽 틈에 단단하게 고정되었다. 그리고 그 위로 몇 백의 인원이 이동했고, 그들은 곧바로 성문 쪽으로 향했다.

"북문에 적이 치고 들어왔다며?"

"그래. 그래서 병력을 다 그쪽으로 이동시킨 거겠지."

"그런데 북문은 어떻게 열었대?"

"그걸 내가 어찌 아누?"

그렇게 두런두런 대화를 나누는 두 병사 뒤로 시커먼 어둠이 등장했다. 그리고 그 어둠이 눈 깜짝할 사이에 두 병사를 덮쳤다.

"헙!"

"흡!"

어둠 속에서 손이 나타났고, 그 손 밑으로 시퍼렇게 빛나는 단검이 드러났다. 그리고 가차 없이 두 병사의 목을 베어버렸다. 핏물이 분수처럼 전면으로 튀었다. 두 병사는 힘없이 축 늘어졌고, 이미 대기하고 있었다는 듯이 또 다른 인영이 신속하게 움직여 성문을 내리고 있었다.

끄그그그극!

북문을 제외한 세 성문에서 일단의 무리가 파도처럼 움직여 버논 성의 내부를 빠르기 잠식했다. 말 그대로 잠식이었다. 대부분의 병력이 북문으로 쏠린 상황에서 그들을 어찌할 수 있는 병력은 없었다.

"네, 네놈들은 누구냐?"

"버논 성의 성주인가?"

"그렇다. 정체를 밝혀라!"

"카테인 왕국의 북부 진공군 게오르그 주코프 자작이라고 한다."

"카, 카테인 왕국? 어, 어찌……."

말도 안 된다는 듯이 입을 벙긋거리는 버논 성의 성주. 그런 그를 향해 검을 들어 올려 검끝을 들이대는 주코프 자작. 성주는 믿을 수 없었다.

저들이 본국을 침략했다는 소식을 듣자마자 성문을 보수했지 않은가? 그런데 그 모든 것이 무용지물이었다.

"항복하겠는가?"

"어림없는 소리!"

그때 버논 성의 성주 주변에 있던 기사 중 한 명이 거칠게 외치며 플레일을 휘두르며 주코프 자작을 향해 쇄도했다.

쒸아아악! 서걱!

"컥!"

하나 플레일을 든 기사는 단말마의 비명을 지르며 방패와 함께 두 쪽으로 나뉘져 주검이 되고 말았다.

"내가 조금 늦었나?"

또 한 명의 기사가 가볍게 검을 털어내며 걸어 들어오고 있었다. 기사와는 적어도 몇 십 미터는 떨어져 있는 것 같았으나 그런 간격쯤은 아무런 문제가 되지 않는다는 듯한 모습이었다.

"조금 늦었군."

그의 말에 주코프 자작이 무심하게 답했다.

"나에게 생명을 빚진 거야."

"흥! 어림없는 소리. 에르빈 네놈이 참견하지 않았어도 충분했다."

"이런, 이런. 이 친구들, 또 싸우고 있군. 이게 대체 무슨 짓들인가, 어서 항복을 받아내지 않고?"

롬멜 자작과 주코프 자작이 앙숙처럼 아옹다옹할 때 그 둘의 목소리를 뚫고 또 다른 목소리가 들려왔다. 바로 서문을 담당했던 조시 스미스 패튼 자작이었다. 그가 나타남에 롬멜 자작과 주코프 자작은 어색하게 인상을 찌푸렸다.

"이, 이게 대체……."

버논 성의 성주는 믿을 수 없다는 듯이 같은 말만 반복하고 있었다. 그러다 주변을 둘러보았다. 수없이 많은 기사가 자신과 자신을 호위하는 기사들을 겹겹이 둘러싸고 있다. 그에 버논 성 성주의 얼굴에 절망이 떠올랐다.

그런 버논 성의 성주의 얼굴을 보며 패튼 자작이 입을 열었다.

"항복하겠나? 저항해도 상관은 없다. 아니, 솔직히 격렬하게 저항해 줬으면 좋겠군."

"놈!"

패튼 자작의 말에 다시 한 명의 호위기사가 기회를 노리고 있었다는 듯 기이한 각도로 검을 휘둘러 왔다. 그런 기사를 보며 패튼 자작은 하얀 치아를 드러내며 웃었다.

"그래, 바로 이렇게 말이야. 사실 국왕 전하께옵서 항복하면 살려주라고 하셨거든. 그런데 본작은 네놈들을 살려주고 싶지 않아서 말이야."

그러면서 암 쉴드로 자신의 옆구리를 아래에서 위로 찌르고 들어오는 검을 간단하게 튕겨내고 모닝스타로 기사의 머리를 내려쳤다.

퍼억! 퍽! 퍽!

단 한 번에 기사의 헬름이 박살 나며 핏줄기가 튀어 올랐다. 하지만 패튼 자작은 모닝스타를 멈추지 않았다. 다시 한 번 가격하자 허연 뇌수가 핏물과 함께 튀어 오르며 여지없이 패튼 자작의 풀 플레이트 메일에 뿌려졌다.

후드득!

"싱겁군!"

그러면서 다시 모닝스타를 휘둘렀다. 이미 기사는 절명한 지 오래였다. 그러함에도 패튼 자작은 모닝스타를 멈출 생각을 하지 않았다. 그런 잔인한 모습에 버논 성주는 치를 떨었다.

"자, 잔인한 놈!"

우뚝!

그에 패튼 자작의 손이 멈추었다. 그의 시선이 버논 성주에게로 향했다. 순간 버논 성주는 전신의 피가 싸늘하게 식는 것을 느낄 수 있었다.

"잔인? 겨우 이런 것으로 잔인하다고 하는가? 부모의 창자가 눈앞에서 흘러내린 것을 본 적 있는가? 죽어가는 친형의 가슴을 부여잡고 울어본 적 있는가? 나이 열 살에 지옥 같은 알카트라즈에서 살아남은 소년의 심정을 아는가? 그것을 모른다면 나에게 잔인하다 하지 말라."

"그런⋯⋯."

몇 마디 안 되는 패튼 자작의 말 속에는 지독한 한과 분노가 담겨 있었다.

"내가 바로 20년 전 멸문당한 스미스 가문의 장자 조지 스미스 패튼이다. 너희 나파즈 왕국의 흑마법을 반대했다는 이유로 구족이 모조리 참수당한 스미스 가문 말이다."

"⋯⋯!"

"너희들은 열 살의 어린 나이의 소년에게 이리 말했다. '지옥에서라도 너의 잘못을 반성하고 뉘우쳐라. 그리고 죄를 지은 너희 가문을 대표하여 고통 받고 신음하는 너를 지켜보기 위해 인세의 지옥이라는 알카트라즈로 너를 보낸다'고 하였다."

사실 나파즈 왕국이 흑마법사를 통해 강력한 왕권을 갖추는 데는 그리 오랜 시간이 걸리지 않았다. 처절할 정도의 숙청과 피의 공포에 의해 장장 10년에 걸쳐 진행되었다. 그리고 스미스 가문 역시 그 10년의 역사 속에서 사라진 가문이었다.

한 가문의 구족까지 멸하는 철저한 멸문 작업, 그리고 단한 명만 살려두고 그들이 받는 고통을 수시로 보고 받으며 즐기는 극악한 취미를 가진 현 나파즈 왕국의 국왕. 그는 이미 흑마력이 골수에까지 파고들어 광인이 되어가고 있었다.

패튼 자작과 같은 자들이 한둘이겠는가? 그리고 지금 그대가가 다시 돌아오고 있었다. 그들이 한 잔인한 모습 그대로 말이다.

"그래서 다시 돌아왔다. 네놈들의 눈에서 피눈물이 쏟아지는 것을 보기 위해 그 지옥에서 다시 살아 돌아왔단 말이다."

"……."

버논 성주는 그저 몸을 잘게 떨 뿐이었다. 그도 알고 있다. 자신의 가문은 영악하게 현 국왕에게 충성을 맹세했다. 그리고 앞장서서 현 국왕의 행태에 반하는 귀족들을 처단했다. 그러니 너무나도 잘 알고 있었다.

"나, 난……."

"항복하겠나? 제발 항복하지 마라."

"하……."

"항복하겠나? 제발 항복하지 말란 말이다."

"항복… 하겠다."

부르르르.

패튼 자작의 모닝스타가 부르르 떨렸다. 그는 한참 동안 버논 성주와 그를 호위하는 기사들을 무섭게 노려봤다. 그러한 그의 어깨에 누군가의 손이 올라왔다. 패튼 자작의 시선이 느릿하게 손의 주인을 향했다.

"저, 전하……."

"참아줘서 고맙다. 앞으로 기회는 얼마든지 있을 것이다."

카이론의 말에 그를 한참 동안 올려다본 후 고개를 숙이는 패튼 자작. 그리고 무릎을 꿇고 오른손을 가슴에 대었다. 별다른 말은 없었다. 카이론은 그런 그를 바라보며 고개를 끄덕인 후 버논 성주에게로 시선을 향했다.

버논 성주 역시 카이론을 놀란 눈으로 바라봤다. 설마 하는 생각에 말이다. 그도 소문을 들어 알고 있었다. 카테인 왕국의 국왕은 병사들과 어울리기를 서슴지 않고 전장의 가장 선두에 선다는 말을 말이다.

하지만 코웃음 쳤다. 한마디로 말도 안 되는 소리였다. 우매한 평민들이 제대로 알지도 못하고 자신들을 편하게 해주니 나오는 대로 씨부렁거리는 말이라 생각했다. 그런데 그 주인공이 바로 자신의 눈앞에 있다.

치열한 전장을 뚫고 왔음인지 검은색의 풀 플레이트 메일 여기저기에 핏물이 흘러내리고 있고 그의 전신에서는 진득한 혈향이 풍겨져 나오고 있었다.

"항복한다고 들었는데, 무기는 안 버리나? 불복으로 봐도 되나?"

"히익!"

카이론의 묘한 울림이 그들을 향하자 버논 성주와 함께 기사들은 득달같이 들고 있던 무기를 던져 버리고 곧바로 무릎을 꿇었다. 그러한 그들을 보며 카이론이 나직하게 입을 열었다.

"주코프 자작."

"충!"

"이들을 감금한다."

"충!"

카이론의 감금이라는 말에 버논 성주의 얼굴이 흙빛이 되었다. 감금이라는 말 자체가 뇌옥으로 보낸다는 말과 다르지 않기 때문이다.

"보, 본작은 귀족으로서……."

"너는 포로 그 이상도 이하도 아니다. 적어도 본왕에게 있어서는 말이다. 귀족의 권리 따위는 본왕에게 통하지 않으니 주장하지도 말도록. 저 밖에 주검으로 남은 병사들과 너희들은 전혀 다르지 않으니 받아들이라. 물론 받아들이지 않아도 좋다."

그 말과 함께 밖으로 나가 버리는 카이론이었다. 그에 롬멜 자작과 주코프 자작도 그의 뒤를 따랐다. 남은 것은 패튼 자작과 버논 성주, 그리고 그의 호위기사들 뿐이다. 그런 그들을 보며 패튼 자작이 나직하게 으르렁거렸다.

"원하지 않으면 하지 않아도 된다."

그러면서 들고 있던 모닝스타에 힘을 주는 패튼 자작. 그의 으르렁거림에 기사들은 눈을 내리깔았고, 버논 성주의 얼굴은 참담하게 일그러졌다.

"따, 따르겠소."

그런 버논 성주의 말에 오히려 패튼 자작의 얼굴이 일그러졌다.

"재미… 없군."

재미없었다. 반항하기를 원했다. 귀족의 권위를 운운하면서 말이다. 그런데 기사들마저 꼬리를 말고 있다. 패튼 자작은 어금니를 깨물며 신형을 돌려세웠다.

"치우도록!"

"명!"

그의 명에 대기하고 있던 기사들과 병사들이 움직였다. 그나마 입고 있던 풀 플레이트 메일마저 해제당했다. 그들이 가지고 있는 것은 이제 아무것도 없었다. 그들 스스로 귀족이라는 작위와 기사라는 명예를 버렸으니 말이다.

평민과 다를 것이 없었다. 그리고 카테인 왕국의 기사들과 병사들은 그들을 평민 그 이상도 이하도 아닌 인간으로 다루었다.

그렇게 버논 성의 공략은 일단락되었다.

그리고 카이론은 곧바로 움직이지 않았다. 마치 무언가를 기다리는 듯했다.

*   *   *

"예상대로군."

"그렇습니다."

북부 방어 사령관으로 임명된 럼스펠드 공작이 멀리 흐릿하게 보이는 버논 성과 알리마 성을 바라보며 하는 말이다. 버논 성과 알리마 성은 수평의 위치에 있었고, 그곳이 바로 할키온 산의 끝자락이었다.

나파즈 왕국 측에서 보자면 입구라 할 수 있는 곳에 위치한 성이다. 이후로는 좌우로 길게 늘어진 높고 낮은 산이 연속되어 있고, 현재 럼스펠드 공작이 위치한 탈로스 성을 중심으로 좌의 세 개 성과 우의 네 개 성이 주욱 늘어져 할키온 산의 지류인 좌의 맘포스 산과 우의 크란데르 산까지 연결되어 있었다.

한마디로 랑닉 성이 최전초, 알리마 성과 버논 성이 랑닉 성을 보좌하는 전초 기지, 혹은 성이라고 한다면 좌우로 넓게 펼쳐진 여덟 개의 성은 적을 막아내는 데 가장 중요한 방파제 역할을 하는 성과 같았다.

할키온 산과 할키온 산자락에 있는 이 열한 개의 성 때문에 나파즈 왕국은 북의 몬스터와 타국의 위협으로부터 단 한 번도 내국의 영토를 침범당하지 않았다. 그 때문에 럼스펠드 공작은 이리도 자신감을 내비치고 있는 것이다.

"자, 이제 어떻게 할 것인가?"

"지키기만 해서는 절대 답이 없습니다."

"그렇지. 본작은 지키기만 하려고 이곳에 오지 않았네."

"물론 알고 있습니다."

"하면 어찌하면 좋을까?"

"일단 포로로 잡힌 귀족들과 기사들을 송환해야 하지 않을까 합니다."

마즈넬라 백작의 말에 잠시 그를 응시하는 럼스팰드 공작. 그의 생각을 파악하고 있음이 분명했다.

"그들을 통해 적의 전력을 분석할 셈이로군."

"현재까지 그들을 알 수 있는 가장 정확한 방법이 아닐까 합니다."

"괜찮은 생각이로군. 시간이 길어지면 길어질수록 초조해지는 것은 그쪽일 터이니 말이야."

"그렇습니다."

"좋아, 그럼 백작의 의견대로 일을 추진토록 하지."

"명을 받습니다."

"포로 송환 협의를 하기 위해 한 번 보자?"

"그렇습니다."

"일없다고 전해."

일언지하에 거절해 버리는 카이론이다. 그리고 마치 그럴 줄 알았다는 듯 회심의 미소를 짓고 있는 웰링턴 백작이었다.

"뭐? 거절해?"

"그렇습니다."

"끄응! 이런 미친……."

놈이라고 하고 싶었지만 그래도 이성이 마비되지 않았는지 꾹 눌러 참는 럼스펠드 공작이다. 그에 잠시 침묵을 지키고 있던 마즈넬라 백작이 손에 들고 있던 양피지를 들어 올린후 조심스럽게 입을 열었다.

"그리고 적 사령관이 공작 각하께 보낸 서신입니다."

"서신? 서신이라……. 일단 보기는 해야겠지?"

그는 마즈넬라 백작이 건네준 양피지를 받아 들고 봉인을 뜯어낸 후 양피지를 펼쳤다. 안의 내용을 본 그의 눈이 커지면서 손을 부들부들 떨었고 얼굴이 창백해지더니 이내 붉으락푸르락해졌다. 분노를 억지로 참는 얼굴이다.

'대체 무슨 내용이기에…….'

마즈넬라 백작의 얼굴에 궁금증이 떠올랐다. 웬만해서는 얼굴에 표정을 드러내지 않는 럼스펠드 공작이다. 그런데 그런 노회한 정치인이 얼굴에 선명하게 노한 표정을 떠올리니 당연히 궁금해질 수밖에 없었다.

그때 럼스펠드 공작이 양피지를 와락 구기며 마즈넬라 백작에게 건넸다. 마즈넬라 백작은 즉각 양피지를 펼쳐 들었다. 하지만 그 또한 럼스펠드 공작과 다르지 않았다.

부들부들.

수작 부리지 말고 싸우자. 올래, 아니면 내가 먼저 갈까?

딱 이 말뿐이었다. 귀족으로서의 품위는 어디다 버렸는지 노골적으로 시비를 걸고 있었다. 동네 건달과 다르지 않았다. 평소 귀족의 고귀함을 자랑스럽게 여기는 럼스펠드 공작이다. 그 누구에게 이런 저급한 말을 들어보았을까?

당연히 분노할 수밖에 없었다. 양피지를 받아 든 마즈넬라 백작마저도 짜증이 치밀어 오를 정도였다.

"당장 군사를 준비하게."

"지금 당장 말입니까?"

되묻는 마즈넬라 백작. 그에 마즈넬라 백작을 뚫어지게 쏘아보는 럼스펠드 공작이다.

"후우, 내가 흥분했군."

"……."

마즈넬라 백작은 말없이 럼스펠드 공작의 흥분이 가라앉기를 기다렸다.

"적의 실제 병력을 파악하기는 어려울 것 같군. 놈의 소원

대로 병력으로 밀어붙여야겠어. 당장 병사들을 징집하고 전투 준비를 하게."

"명을 따릅니다."

이렇게 된 이상 어쩔 수 없었다. 럼스펠드 공작의 명령대로 병력을 징집하고 전투를 준비해야만 했다. 대략적으로 알려진 적의 병력은 약 4만 정도. 4만의 병력이 한 군데 모여 있는 것도 아닌 랑닉, 알리마, 버논 성에 각각 나눠져 있다.

물론 얼마의 병력이 어떻게 나눠졌는지에 대해서는 모른다. 다만 유추해 낼 뿐이다. 어차피 전면전이 될 것이고, 공성전이 될 가능성이 높았다. 그들은 병력에서도 밀리고 보급로도 없는 상태이다. 더군다나 적국의 영지이니 그들이 쉽게 성을 버리고 나올 리는 만무하다.

럼스펠드 공작의 명령을 받은 마즈넬라 백작은 깊은 생각에 빠져들었다. 공성전이란 쉽지 않은 일이다. 공성전에 있어서 필수적인 요소는 바로 성을 지키고 있는 병력의 세 배가 넘어가는 병력이라 할 수 있다. 애초에 럼스펠드 공작이 받은 병력은 5만, 그리고 공작의 개인 사병 1만을 포함해 총 6만의 병력에 여덟 개의 성에서 다시 4만 정도의 병력을 추가 징집해 낼 수 있고 용병까지 모두 징집한다면 충분히 전초 기지의 성격을 가진 세 성을 공략할 수 있을 것이다.

'문제는 정에 병력이 절반 정도라는 것이지.'

그러하니 고심이 깊어질 수밖에 없었다. 실제는 절반의 병력으로 싸워야 한다는 말이 된다. 징집병의 경우 제대로 된 훈련을 받지 못했으니 실제 전투에 투입하기는 힘들었다.

'절망의 기사라도 지원 받았으면 좋았을 것을……'

실제 럼스팰드 공작이 지원 받은 병력은 딱 정예 병력 5만. 흑마법사는 럼스팰드 공작이 현 국왕과 대립각을 세우는 가장 기본적인 사항이다. 그러하기에 그 스스로 흑마법사 지원을 반대했다.

또한 그 흑마법사들에 의해 만들어진 절망의 기사들 역시 마찬가지였다. 비숍, 폰, 나이트까지 다 떼고 지금 섬멸전에 나선 것이 바로 럼스팰드 공작이다. 오로지 병력 대 병력, 지략 대 지략으로 승리하기를 바라는 럼스팰드 공작이다.

그 기본적인 생각에는 결코 반대하지 않았다. 그것이 맞다고 생각했다. 흑마법이나 백마법은 전투에 있어서 고려 사항일 뿐 전투 자체가 되어서는 안 되었다. 그리고 무엇보다도 국익을 빙자하여 비인간적인 인체 실험을 하고 인간을 몬스터로 변형시키는 기괴하기 이를 데 없는 흑마법 따위는 없어도 된다는 생각이었다.

그러하기에 럼스팰드 공작을 선택한 것이니까. 그리고 지금까지 그러한 자신의 선택을 후회해 본 적이 없었다.

'그래도 승리할 수 있다.'

승리할 수 있었다. 똥개도 자신의 앞마당에서는 절반은 먹고 들어간다고 하지 않는가? 이곳은 적진이 아니고 자신들의 앞마당이지 않은가? 전투를 함에 있어서 지형지세가 완벽하게 유리한 입장에 있지 않은가?

'패배할 수 없는 상황이다.'

그러하니 반드시 승리해야만 했다. 그런데 그 방법이 실로 쉽지 않았다. 그는 멀리 아스라하게 보이는 세 개의 성을 바라봤다. 할키온 산의 초입과 그 안으로 더욱더 추진 배치되어 있는 랑닉 성까지.

그 지형이 쉽지 않았다. 그 세 곳을 공략한다는 것은 몬스터 역시 함께 싸워야 한다는 말이다. 적은 결국 4만의 병력만이 아니었다. 세 성을 호시탐탐 노리는 몬스터까지 있다.

'도대체 그 많은 몬스터를 어떻게 처리한 것인가?'

도대체 알 수 없었다. 할키온 산 주변에 이렇게 많은 성이 있는 이유는 바로 할키온 산에 서식하고 있는 그 강력한 몬스터 때문이기도 했다. 마즈넬라 백작이 근심에 잠겨 있는 이유는 바로 그 강력한 몬스터 때문이었다.

할키온 산은 차치하더라도 그 많은 몬스터는 대체 어떻게 했느냐는 말이다. 도무지 알 수 없었다. 그래서 근심이 되었다.

'변수라면 바로 그것이겠지.'

마즈넬라 백작이 고민하고 럼스펠드 공작이 분을 참지 못하고 있는 그 시각, 카이론은 가장 최근에 점령한 버논 성에서 아스라하게 펼쳐진 여덟 개의 성을 바라보고 있었다.

"준비를 단단히 하는 모양이군."

"저라도 그런 서신을 받는다면 저리 했을 겁니다."

"뭐 별로 충격적인 말도 아닌데……."

카이론의 말에 피식 웃어버리는 웰링턴 백작이다. 물론 카이론의 입장에서야 그렇겠지만 귀족의 입장에서 보자면 분노가 머리끝까지 치밀어 오를 말임에 틀림없었다.

"그래서 준비는?"

"아무리 강하다는 할키온 산의 몬스터라 해도 몬스터는 몬스터일 뿐입니다."

"패튼 자작과 주코프 자작이 잘하고 있는 모양이로군."

"아시지 않습니까? 특히 패튼 자작이라면 말입니다."

"가서 전해. 죽이지 말고 쫓기만 하라고. 죽이면 나하고 일대 일 면담이라고."

"충분히 알고 있을 겁니다."

"그래, 그래야지."

제4장

상상 초월

Warrior

"쥐에에엑!"

"끼루룩!"

"꾸어엉!"

할키온 산의 양 지류인 크란데르 산과 암포스 산은 지금 몸
살을 앓고 있었다. 수없이 많은 몬스터가 미친 듯이 도망치고
있었기 때문이다. 마치 무엇에라도 쫓기는 듯이 말이다. 믿을
수 없는 일이었다.

인간을 위협하던 존재가 지금 미친 듯이 산 밑으로 내달리
고 있었다. 그리고 그 뒤로 보이는 어스름한 인간 군상.

"내 살아생전에 몬스터들을 겁먹게 할 줄이야."

"누가 아니래냐?"

그러면서도 그들은 연신 몬스터를 위협했다. 그들이 몬스터를 위협하는 수단은 바로 기세였다. 인간에게 있어 몬스터란 두려움의 존재였다. 치를 떨게 할 정도의 포악함과 잔인함, 그리고 인간이 가질 수 없는 월등한 신체로 인간을 겁박했다.

인간은 그저 몬스터라는 말을 입에 담는 것만으로도 무서움에 떨었다. 하지만 지금은 아니었다. 몬스터가 인간에게 쫓기고 있었다. 그리고 그들의 뒤를 쫓는 인간 병사들은 며칠 전 일을 떠올렸다.

"몬스터가 무섭나?"

"……."

말을 못하는 병사들을 보며 고개를 끄덕이는 롬멜 자작.

"무섭겠지. 그런데 말이다 왜 몬스터를 무서워해야 하지?"

"그야……."

"그야?"

"강하잖습니까?"

"강해서 그렇다?"

"그렇습니다."

"정말 그럴까?"

"……."

롬멜 자작의 반문에 역시 침묵에 잠겨드는 병사들이다. 롬멜 자작은 그런 병사들을 한번 훑어봤다.

"가자."

그 한마디에 그의 뒤를 따르는 병사들. 그는 걸어가면서 나직하게 입을 열었다.

"몬스터와 싸우지 않으면 우리는 죽는다. 몬스터와 싸워 이겨내지 못하면 내 가족과 내가 충성을 다하는 왕국마저 없다. 두려움에 떨며 물러서겠는가, 아니면 그들을 이겨내서 지키겠는가?"

롬멜 자작의 나직한 말에 기사들과 병사들의 얼굴이 딱딱하게 굳어갔다. 롬멜 자작의 말이 심장을 찌르고 들어왔다.

"불쾌한가?"

"그렇습니다."

"화가 나는가?"

"그렇습니다."

"그렇다면 그 분노와 불쾌함을 몬스터에게 풀어라. 기세를 압도하라. 그 누구도, 그 어떤 것도 너희들의 앞을 가로막을 수 없을 것이다."

"우!"

검을 들어 올리고 방패를 두드리며 창을 하늘로 치켜세웠다.

그런 그들을 바라보며 롬멜 자작은 흰 이를 드러내며 웃었다.

"몰이를 시작한다."

"추웅!"

그렇게 시작된 몬스터 몰이.

날카로운 이빨을 드러내며 광폭하게 덤벼드는 몬스터도 있었다. 하지만 그를 따르는 병사들은 결코 주눅 들지 않았다. 몬스터라는 것은 더 이상 무서운 존재가 아니었다.

*   *   *

암포스 산과 크란데르 산 쪽에서 검은 형체가 움직이는 듯 했다.

"어? 저게 뭐지?"

"뭐가?"

"저기 말이야."

훤한 대낮, 그리고 청명하기 그지없는 날이었다. 멀리 크란데르 산의 봉우리가 마치 눈앞에 있는 듯 가까이 보였다. 그런데 그런 크란데르 산에서 이상한 움직임이 보였다. 한 명의 병사는 이상 조짐에 즉시 보고를 올리기 위해 달렸고, 나머지 한 병사는 안력을 돋우어 그 이상한 조짐이 무엇인지 주시했다.

"무슨 일인가?"

"저기……."

기사가 도착해 물었다. 병사는 손가락으로 멀리 보이는 크란데르 산을 가리켰다. 그에 기사의 눈살이 찌푸려졌다. 평소보다 많은 새가 날아오르고 있었다. 아니, 무엇이 불안한지 연신 오르락내리락하고 있었다.

한두 마리가 아니었다. 새가 날아오르는 것이야 늘 있는 일이다. 하지만 이것은 달랐다. 마치 무엇엔가 놀란 듯 크란데르 산 전체에 있는 모든 새가 날아 오른 것 같았다.

그에 기사는 안력을 돋우었다. 크란데르 산자락에서 무언가 움직이고 있었다. 그는 나직하게 침음성을 흘렸다.

"몬스터?"

"예?"

기사의 말에 놀라 반문하는 병사이다. 몰라서 반문하는 것이 아니었다. 지금 이 시기에 몬스터가 숲을 벗어난다는 것은 있을 수 없는 일이었다. 몬스터가 먹을 것이 풍족한 숲을 벗어날 이유가 없었다.

"비상종을 울려라. 나는 보고하겠다."

"명!"

때대대댕!

비상종이 울렸다. 이미 전투태세를 갖추고 있었던 터라 성벽 위로 빠르게 병력이 집결했다. 궁수와 소형 발리스타 등 모든 전투 장비가 동원되었다.

저벅저벅.

롤랜드 성을 지키는 성주 톰슨 자작이 귀족과 기사들을 대동한 채 성벽 위로 올랐다.

"몬스터가 준동했다고?"

"그렇습니다."

"그것이 말이 되나?"

"불가능하지는 않습니다."

불신하는 톰슨 자작의 옆에 있던 흑의 마법사가 입을 열었다. 어딘가 음험해 보이는 얼굴과 날카로운 목소리를 가지고 있었다.

"불가능하지 않다? 무슨 의미인가?"

톰슨 경의 시선이 흑의 마법사에게로 향했다. 그에 흑의 마법사는 고개를 끄덕이며 입을 열었다.

"몬스터를 겁박하면 되는 것입니다."

"몬스터를 겁박한다?"

"그렇습니다."

그에 톰슨 경의 입가에 말도 안 된다는 듯 비릿한 웃음이 걸렸다.

"그것이 가능하다 생각하는가?"

"이론적으로는 가능합니다. 몬스터보다 더 강력한 힘으로 그들을 몰아붙인다면 말입니다."

"이론은 이론일 뿐, 일고의 가치도 없다."

"하나 너무나 공교롭지 않습니까?"

"흥! 그저 까마귀 나는 곳에 시체가 있었을 뿐이다."

"……."

톰슨 경의 완고한 말에 흑의 로브인은 입을 닫았다. 잠시의 시간이 흐른 후 다시 입을 열었다.

"어찌할 요량이십니까?"

"본작이 그것을 그대에게 모두 보고해야 하는 것인가?"

"그런……."

흑의 로브를 입은 마법사는 날이 선 톰슨 자작의 태도에 당황했다. 어찌해야 할 바를 모르겠다는 표정이다. 그런 흑의 마법사를 차갑게 바라보며 일갈하는 톰슨 자작. 그에 잠시 멈칫하던 흑의 마법사는 살짝 고개를 숙인 후 물러났다.

그런 흑의 마법사를 따르는 일단의 무리. 바로 그의 휘하에 있는 흑마법사들이었다.

"오만불손합니다."

"내버려 두게. 그리고 지금의 상황은 모두 영상으로 저장했겠지?"

"그렇습니다."

"본 성으로 전달하고 지시를 기다린다. 상부에서 명령이 떨어지지 않는 한 모든 지원을 금지하며 철수를 준비토록 하라."

"마스터의 명을 받듭니다."

그런 마법사들의 행태를 아는지 모르는지 톰슨 자작은 무섭게 준동하고 있는 크란데르 산을 바라보고 있었다.

"준비는?"

"완벽합니다."

톰슨 자작의 물음에 즉각 답하는 로버트 단장.

기실 그들이 이렇게 자신감을 드러낸 이유는 오랜 세월 동안 이곳을 방어하면서 수도 없이 많은 몬스터를 죽여 왔기 때문이다. 위기나 위험이 닥쳐올 때도 있었지만 언제나 그 끝은 승리가 함께했다.

'그래서 이번에도 승리한다. 공교롭기는 하지만.'

그렇게 전의를 다졌다. 물론 일말의 불안감은 있었다. 흑마법사가 지적한 점을 아주 무시할 수 없었기 때문이다. 하지만 불가능하다고 생각했다. 그 누가 있어 몬스터를 겁박할 수 있을까?

그 광폭한 기세와 인간을 뛰어넘는 번식력까지.

'있을 수 없는 일이다. 이번의 이 준동도 평소와 같을 것이다. 우리는 승리한다.'

그는 자신했다. 그렇게 시간이 흐르는 동안 크란데르 산자락에 어렴풋이 보이던 것들이 눈앞으로 다가오고 있었다. 그런데 생각보다 그 위세가 대단했다. 한 종류의 몬스터가 아닌 수십 종류의 몬스터가 미친 듯이 달려오고 있었다.

"꿀꺽!"

누군가가 마른침을 삼켰다. 수십 년 동안 이 정도로 대규모의 몬스터 웨이브는 처음이었다. 그만큼 몬스터의 수도 많았고 전해져 오는 광기가 강력했다.

두우~ 둑!

두꺼운 성벽으로부터 둔중한 울림이 전해졌다. 바로 자신들을 향해 미친 듯이 달려오는 몬스터들에 의해 전해져 오는 울림이었다.

"대기! 대기!"

기사 중 한 명이 서서히 손을 들어 올렸다.

"준비이~"

처저적!

궁병이 활에 화살을 재고 화살을 쏘아 올리기 최적의 각도로 시위를 잡아당겼다. 궁병만이 아니었다. 대 몬스터 병기이자 공성 무기인 발리스타에도 대형 화살을 준비하고 그 화살에 불을 붙였다.

고요한 정적이 감돌았다.

"쏴!"

피비비빅!

슈콰악!

수천 발의 화살이 허공을 새까맣게 물들였고, 그 사이를 뚫고 대형 불화살이 날았다.

"꾸어엉!"

"춰에엑!"

몬스터와 롤랜드 성의 전투는 그렇게 시작되었다.

＊　　　＊　　　＊

"뭐라? 몬스터 웨이브가 발생해?"

"그렇습니다."

"그게 무슨 말도 안 되는……."

"현재 크란데르 산 쪽으로는 롤랜드 성과 안티오키아 성이 공격을 받고 있으며, 암포스 산 방향에서는 비르 성과 콘스 성이 공격 받고 있습니다."

"허어~ 적이 눈앞에 있거늘……."

밝은 대낮에 떨어지는 번개에 직격당한 듯 당황스러웠다.

"믿을 수 없군. 몬스터 웨이브 기간이 아님에도 불구하고 웨이브가 발생하다니."

럼스펠드 공작의 말에는 당혹스러움이 묻어나 있었다. 그가 아무리 중앙의 귀족이라고는 하지만 엄연히 가장 넓은 영지를 가지고 있는 영주였다. 그런 그가 몬스터 웨이브에 대해 모를 리 없었다.

몬스터 웨이브란 겨울철 숲 속에 먹을 것이 없을 때 발생한다. 그런데 지금은 한여름이다. 먹을 것이 풍부하고 번식을 할 기간이지 않은가?

"알 수 없군."

정말 알 수 없었다. 도대체 왜 이런 일이 일어났는지에 대해서 말이다.

"적들의 동태는?"

"여전히 그대로입니다."

"움직이지 않는다는 말이지?"

"그렇습니다."

마즈넬라 백작의 답에 럼스펠드 공작은 침묵했다. 할키온 산의 몬스터는 준동하지 않고 그 지류인 크란데르 산과 암포스 산에서만 몬스터 웨이브가 발생했다. 이것은 무엇을 의미하는가?

'무언가 의도적이다.'

몬스터 웨이브란 산발적으로 일어날 수 없었다. 발생한다면 한꺼번에 발생한다. 물론 지역적인 위치에 따라 다르기는 했다.

"그렇다면 우리도 몬스터 웨이브에 대한 대비를 해야 하는가?"

"만약 정상적인 웨이브라면 산의 초입과 가까운 세 개의 성이 먼저 몬스터의 공격을 받을 것입니다."

"그렇겠지. 그런데 이상하게 그들을 건너뛰고 우리에게 먼저 올 것 같군."

"그렇습니다."

마즈넬라 백작은 마치 럼스팰드 공작이 그런 말을 할 줄 알았다는 듯이 고개를 끄덕였다.

"백작도 웨이브의 뒤에 적국이 있다고 생각하는 모양이로군."

"어떻게 그것이 가능한지는 의문스럽지만 이 갑작스러운 몬스터 웨이브의 뒤에는 반드시 그들이 있다고 생각됩니다."

보통의 귀족이나 기사들이 이들과 같은 대화를 나눴다면 당장에 지나친 억측이라고 할 정도로 말도 안 되는 일이였다.

하지만 그들은 일국의 공작의 자리에 올라 있고 그러한 공작의 참모로 활동하는 마즈넬라 백작이었다.

"그렇지. 그런데 말이야, 왜 웨이브에 이어 곧바로 공격해 들어오지 않는 거지? 그랬다면 그 효과는 탁월할진데 말이지."

"그것은 아마도 어떤 문제가 발생했을 수도 있기 때문일 것입니다."

"그들에게 문제가 발생했다?"

"그렇습니다."

"그 예상대로라면 지금이 우리에게는 절호의 기회로군."

"그렇게 생각됩니다."

럼스펠드 공작은 말없이 마즈넬라 백작을 바라봤다.

"왠지 자신이 없어 보이는군."

"사실… 그렇습니다."

말도 안 되는 소리였다. 어디 참모가 자신의 주군 앞에서 나약한 소리를 한단 말인가? 하지만 럼스펠드 공작은 그런 마즈넬라 백작의 행동에도 불구하고 전혀 불쾌한 모습을 보이지 않았다.

"하면 이대로 기다려야 한다는 것인가?"

"선택할 수 있는 방법은 한 가지입니다."

"한 가지라……. 성을 나서는 것이겠지."

"그렇습니다."

럼스펠드 공작은 무표정하게 성 밖을 바라봤다. 기분이 안 좋다.

처음 출전할 때부터 무언가 답답한 느낌을 받기는 했다. 하지만 그것은 늘 있는 일. 그저 출정하기 전의 불안한 마음 때문이라고 생각했다.

그리고 적의 행동 역시 마즈넬라 백작의 예상을 벗어나지 않았다.

여덟 개의 성에 진입해 적과 대치하고 있는 상황에서도 끊임없이 불안감은 끈적끈적하게 달라붙었다.

그 결과가 바로 지금 눈앞에 있다. 여덟 개의 성 중 네 개의 성이 몬스터로부터 공격을 받고 있고, 자신은 그들에게 병력적인 지원을 해줄 수 없다. 지금 당장에야 적과 대치하고 있음에 그 상황을 인정하겠지만 과연 시간이 지나면 어떻게 될 것인가?

결국 균열이 발생할 수밖에 없다. 자신들은 공격을 받고 있는데 자신을 이끌어야 할 사람은 전혀 공격을 받고 있지 않고 그 어떤 지원도 해주지 않는다. 여유로울 때는 모르나 점점 전황이 불리하게 되면 어떻게 될까?

"교묘하군."

"그렇습니다. 그리고……."

그때 집무실의 문을 열고 들어오는 이가 있었으니 바로 외성 벽을 경계하고 있던 알리시마 백작이었다.

"적입니다!"

"적?"

"그렇습니다."

그에 럼스펠드 공작과 마즈넬라 백작은 서로의 얼굴을 바라봤다.

"적의 규모는?"

"대략 2만 정도입니다."

"2만이라……. 애초에 보고되었던 병력은 4만. 한데 본 성을 합쳐 네 개의 성을 공격하는 총 병력이 겨우 2만이라? 이상하군."

나머지 2만은 어디로 갔을까? 2만에 해당하는 병력이 행방불명되었다. 불안감의 원인은 바로 그 행방불명된 2만의 병력이었다. 어떤 전략을 가지고 있기에 2만의 병력으로 정면으로 싸움을 걸어오고 있을까?

수없이 많은 상념이 럼스펠드 공작의 머리를 어지럽혔다. 이렇게 되면 전투에 전력을 투사할 수 없었다.

"각 성으로 전달하게. 병력에 여유를 두라고."

"하지만……."

"어쩌면 이것이 적의 기만전술일 수도 있음이야."

"그런……."

"명을 전파하게!"

"며, 명!"

평소와 다르게 강력하게 명을 내리는 럼스펠드 공작의 목소리에 알리시마 백작은 깜짝 놀라 그의 명을 받았다. 하지만 여전히 약간의 불만을 가지고 있음이 얼굴 표정에 드러나 있었다. 알리시마 백작이 물러나자 럼스펠드 공작은 풀 플레이트 메일을 장비하고 성벽으로 향했다.

탈로스 성 밖으로 카테인 왕국의 병사들이 주욱 도열해 있다. 그가 성벽에 도착하자 카테인 왕국 측에서 한 명의 기사가 말을 몰아 다가왔다.

"본작은 카테인 왕국의 게오르그 주코프 자작이라 한다! 누가 있어 본작의 검을 받겠느냐?"

정통적인 기사 대전의 형식을 취하는 카테인 왕국 측.

럼스팰드 공작의 입장에서는 오히려 환영할 만한 일이었다.

"소장을 보내주십시오!"

그때 누군가 럼스팰드 공작을 향해 외쳤다. 럼스팰드 공작의 시선이 그에게로 향했다.

"오! 네버로 남작, 그대를 믿어보지."

"감사합니다."

럼스팰드 공작의 허락을 얻은 네버로 남작은 성벽을 내려가 득달같이 싸움을 걸어온 주코프 자작을 향해 달려 나갔다.

"본작은 대 나파즈 왕국의 조 네버로 남작이다! 한번 어울려 보자꾸나!"

"흥! 겨우 네놈 정도의 실력으로 본작을 감당할 수 있을 것 같으냐?"

"어찌 실력이 작위와 연결된다더냐? 죽어랏!"

둘은 서로를 향해 빠르게 달려들며 검을 맞부딪쳤다.

카아앙!

"흡!"

한 번 부딪치는 소리가 났으나 실상은 서너 번의 부딪침이 있었다. 그에 네버로 남작은 손아귀를 타고 올라오는 고통에 답답한 침음성을 삼켜야 했다.

"크하하! 실력이 안 됨을 알겠느냐?"

그 모습을 놓치지 않고 커다랗게 웃으며 외치는 주코프 자작.

"이익! 감히!"

"와하하하! 덤벼라! 덤비란 말이다!"

네버로 남작은 자신의 실력이 안 됨을 알았으나 주코프 자작의 격장지계에 넘어갈 수밖에 없었다. 그때 그의 귓가로 들려오는 소리가 있었다.

두웅! 두둥!

바로 퇴각 신호였다. 그에 네버로 남작은 치고 들어오는 주코프 자작의 검을 흘리며 분한 듯 외쳤다.

"오늘은 날이 아닌 듯하구나! 나중에 보자!"

"어디를 가려느냐! 가려거든 목을 내놓고 가라!"

하지만 주코프 자작은 결코 네버로 남작을 보내줄 생각이 없었다. 그에 짐짓 자신을 불러들이는 북소리에 반발심이 생긴 네버로 남작은 말머리를 돌려 주코프 자작을 향해 맞서 나갔다.

"잘 가라!"

하지만 마치 그것을 기다렸다는 듯 검을 휘두르는 주코프 자작. 그의 검에는 노란색의 오러 얀이 시전되어 있었다. 그에 네버로 남작이 눈을 화등잔만 하게 뜨며 놀랐다. 그는 급급하게 검을 들어 주코프 자작의 검을 막았다.

하나 그의 검과 몸을 스치듯 할퀴고 지나가는 주코프 자작의 검이 지극히 단조로운 소리를 냈다.

서걱!

네버로 남작의 입이 떡 벌어졌고, 그를 태운 말은 화들짝 놀라며 방향을 돌려 성으로 내달리기 시작했고, 네버로 남작의 목은 불어오는 바람에 밀려 떨어져 내렸다.

그에 주코프 자작은 검으로 네버로 남작의 목을 찍어 들어 올리며 성벽의 좌에서 우로, 우에서 좌로 달리며 포효를 내질렀다.

그리고 카테인 왕국의 진영에서 성벽이 무너질 정도의 거대한 함성이 들려왔다.

"저, 저런⋯⋯."

"각하, 저에게 기회를 주시길."

"저에게⋯⋯."

그에 분노한 기사들과 귀족들이 럼스펠드 공작에게 외쳤

다. 럼스펠드 공작의 시선이 그들에게로 향했다. 그러다 다시
여전히 성 밖에서 시위를 하며 아군의 분노를 높이고 사기를
꺾는 발언을 서슴지 않는 적장을 바라봤다.

어쩔 수 없었다. 응하지 않으면 사기는 곤두박질칠 것이고,
단 한 번의 전투로 끝을 낼 수는 없었다. 다시 그의 시선이 귀
족들과 기사들에게로 향했다. 모두 열망이 가득 찬 얼굴로 럼
스펠드 공작을 바라봤다.

저벅저벅.

"소작에게 기회를 주시길."

한 명의 기사가 걸어 나왔다. 모두의 시선이 그 기사를 향
했다. 럼스펠드 공작이 이끌고 있는 기사단의 단장은 아니나
가장 용력이 강하고 무력이 나름 뛰어나다고 알려진 파이로
맨하튼 경이었다.

"믿겠네."

명령이 떨어지자마자 그는 성벽을 내려가 적장을 향해 달
려 나갔다. 그런 맨하튼 경을 바라보며 마즈넬라 백작은 럼스
펠드 공작에게 귓속말로 무언가를 속삭였고, 럼스펠드 공작
은 고개를 끄덕이며 손가락을 까닥였다.

그에 켐벨 단장이 그의 곁으로 다가가자 귓속말로 무언가
를 지시했다. 켐벨 단장은 무표정하게 고개를 끄덕인 후 두
명의 기사에게 무언가를 지시했고, 기사들은 침중한 표정을

지어 보이며 성벽 아래로 내려갔다.

그러는 와중에 맨하튼 경은 적장과 부딪쳐 가고 있었다.

"죽어라!"

"너한테 죽을 것 같았으면 나오지도 않았다, 새끼야!"

"이익!"

주코프 자작의 이죽거림에 들고 있던 부주(vouge, 할버드의 기원인 장창의 일종)를 거칠게 휘둘렀다. 그런 맨하튼 경을 바라보며 희게 웃는 주코프 자작.

상대를 경동시키는 데 성공했다. 분노는 일시적으로 무력을 더 강력하게 만들기도 하지만 이성을 잡아먹어 제대로 된 대응을 하지 못하게 한다.

주코프 자작은 가볍게 마상 장검으로 부주를 빗겨 막았다.

차아앙!

그것을 시작으로 그 둘은 정신없이 부딪히기 시작했다. 물론 그것은 오로지 맨하튼 경의 입장에서였다. 일 합이 이 합이 되고 이 합이 십 합이 되었다. 그런데 합이 진행되면 진행될수록 맨하튼 경이 조금씩 밀리는 양상이 되어갔다.

그때 탈로스 성의 성문이 열렸다.

쿠르르릉! 쿠웅!

두두두둑!

그러더니 두 명의 기사가 득달같이 달려 나오기 시작했다.

바로 캠벨 단장으로부터 무언가 작전을 하달받은 두 기사였다. 그러자 주코프 자작은 붙어 있는 맨하튼 경을 밀어내면서 크게 외쳤다.

"오호라! 마침 잘되었구나! 한 놈으로는 도저히 양이 안 찼는데 말이다!"

마치 왜 이제야 나오느냐는 듯이 말했다. 그의 모습은 세 명의 기사를 대함에도 전혀 위축됨이 없었다.

"놈!"

"명년 오늘이 네놈 제삿날이 될 것이다!"

새롭게 합류한 두 기사는 득달같이 주코프 자작을 향해 달려들었다. 일대일의 기사 대전이 어느새 3 대 1의 전투가 되어버렸다. 하지만 세 명이라 해서 전투에 있어 우위를 점하는 것은 아니었다.

오히려 주코프 자작은 이 상황이 매우 즐겁다는 듯이 커다란 웃음을 짓고 있었다.

"크하하! 좋구나! 더 없더냐?"

그러면서 마상 장검을 가볍게 그어 내리는 주코프 자작. 그에 그의 옆을 치고 들어가던 기사는 화들짝 놀라면서 들고 있던 모닝스타로 주코프 자작의 장검을 막았다. 마상 장검과 모닝스타가 부딪치는 그 순간 상대의 마상 장검에서 눈부신 노란색 빛이 쏟아져 나왔다.

스칵!

모닝스타가 잘려 나갔다.

'어떻게?'

잠깐 이해할 수 없었다.

'설마… 오러 얀?'

그것을 깨닫는 순간 기사는 자신의 목이 따끔하다는 생각이 들었다.

"마이어 경!"

그때 자신을 부르는 소리가 들려 고개를 돌리려 했다. 하지만 왠지 고개가 돌아가지 않고 세상이 노랗게 변했다가 칠흑처럼 변하며 세상의 모든 것이 눈에서 사라졌다.

투욱!

마이어 경의 목이 떨어져 내렸다.

"이노오옴!"

분개한 맨하튼 경과 또 다른 한 기사가 분노하여 그를 향해 달려들었다. 그런 그들을 보며 잔인한 미소를 떠올리는 주코프 자작.

"잘 놀았다. 이제 끝내자."

말을 마친 주코프 자작은 자신을 향해 쇄도하는 두 기사를 향해 쇄도해 들어갔다.

스칵! 스카칵!

"크아아악!"

"크흡!"

한 명의 기사는 목청이 터져라 비명을 지르며 피분수를 뿜어내었고, 맨하튼 경은 손아귀가 터져 나가며 핏물이 부주의 창대를 온통 적셨다.

"죽어라!"

주코프 자작은 기다리지 않았다. 피분수를 뿜어내는 기사에게는 시선조차 주지 않고 전해져 오는 충격을 감당하지 못해 주춤주춤 물러나는 맨하튼 경을 향해 거침없이 달려갔다.

맨하튼 경이 미처 자세를 잡기도 전에 그의 마상 장검이 휘둘러졌고, 절체절명의 그 순간 날카로운 소리가 들려왔다.

쐐에에엑!

카아앙!

그를 향해 날아든 것은 쇠로 만든 철시였다. 주코프 자작은 자신을 위협하는 철시를 가볍게 쳐냈지만 그 순간을 이용해 맨하튼 경은 이미 주코프 자작의 공격권에서 멀리 벗어나 있었다.

"후욱! 후욱!"

그는 거친 숨을 몰아쉬었다. 헬름을 쓰고 있는 이마에서는 굵은 땀방울이 흘러내려 눈을 파고들었다. 따끔한 느낌이 들었지만 말도 안 되는 상대의 무력에 눈조차 깜빡일 수 없었다.

'어떻게 저런 강한 자가……'

이해할 수 없었다. 카테인 왕국은 바이큰 족과의 전쟁을 이어온 100년 이래로 기사의 수가 줄고 그 실력이 줄고 줄어 과거의 영광을 잃어버린 지 오래되었다. 무수히 많은 훌륭하고 뛰어난 기사는 바이큰 족과의 전투로 사라진 지 오래되었고, 있다 하더라도 내전으로 인해 그 수가 급격하게 줄어든 상황이다.

그러함에도 불구하고 세 명의 기사를 상대로 전혀 밀리지 않고 오히려 압도하고 있으니 놀라지 않을 수 없었다.

'그리고 조금 전 마이어 경과 스칼렌 경을 죽일 때 사용한 것은 분명 오러 얀이었다.'

오러 얀이면 상급의 기사라 할 수 있다. 그에 맨하튼 경의 얼굴이 굳어졌다.

'최선을 다한다.'

비록 자신의 경지는 중급일 뿐이지만 기사가 검을 뽑았으니 피를 묻히지 않고 다시 검을 집어넣을 수는 없었다. 다시 전의를 고취시키고 부주의 긴 창대를 꽉 움켜쥘 때 북소리가 들려왔다.

두웅! 둥!

자신을 소환하는 북소리였다. 그에 맨하튼 경의 얼굴이 딱딱하게 굳어졌다. 그는 힐긋 성벽을 바라봤다. 그러다 결심을 굳혔는지 헬름을 툭툭 두드렸다. 그런 맨하튼 경의 모습을 보며 주코프 자작은 흰 이를 드러내며 웃었다.

"그렇지. 기사란 자고로 자신이 맡은 바 임무를 반드시 완수해야만 하지."

"죽일 놈!"

"죽일 놈이든 아니든 어서 어울려 보자고."

마치 싸움에 미친 사람처럼 달려드는 주코프 자작. 그에 어느새 부주에 주황색의 오러 포스를 시전하고 마주 달려가는 맨하튼 경이다. 둘의 전투가 다시 시작되었다. 그런 둘의 모습을 성벽의 귀족들과 기사들이 긴장한 채 지켜보았다.

"저건……."

"위험하군."

켐벨 기사단장은 명을 수용하지 않고 스스로의 판단으로 싸움을 계속하는 맨하튼 경을 보며 혀를 찼다. 그리고 럼스팰드 공작은 그런 기사를 보며 이마에 내천 자를 그렸다.

기사라면 그럴 수 있었다. 하나 상대가 되지 않음이 분명했다. 그 자신이 익스퍼트 최상급의 실력자이니 그 먼 거리의 전투라 할지라도 마치 눈앞에서 보는 것처럼 선명하게 볼 수 있었다. 그리고 켐벨 단장이 직접 명을 내린 두 명의 기사, 마이언 경와 스칼렌 경 역시 기사단에서 실력이 출중한 기사임에는 틀림없었다.

그러함에도 불구하고 제대로 힘 한 번 써보지 못하고 죽임을 당했다. 카테인 왕국의 기사로 나온 자는 상대를 방심케했다. 난전의 경우가 아닌 일대일의 기사 대전이라고 하면 힘을 숨기지 않고 전력을 다하게 마련이다.

그러함에도 적 기사는 실력을 숨기고 있었고, 결정적일 때만 검에 힘을 실어 무기와 함께 기사를 베어버렸다. 난전 중이라면 어떤 기사든 그렇게 할 것이다. 하지만 중요한 것은 바로 자신의 기사를 베어낸 그 찰나의 순간에만 오러 얀이 시전되었다는 것이다.

어떠한 전조도 없었다. 그것은 마나의 수발이 극에 달하지않으면 흉내조차 낼 수 없는 경지이다. 그 정도의 마나의 수발이라면 최상급의 기사라도 쉽게 그를 어찌할 수 없을 것이다.

그러하기에 그를 불러들인 것이다. 원래대로 돌아왔다면추후를 생각할 수 있었을 것이었다.

"성문을 열어야 합니다."

켐벨 단장이 강력하게 자신의 생각을 주장했다.

"불리하더라도 지금은 지켜야 할 때입니다. 지금 나서면이미 기세가 오른 적을 어찌할 수 없을 것입니다."

그에 반해 마즈넬라 백작은 지키고자 했다. 켐벨 단장과 참모장의 생각이 정면으로 대치되는 상황이다. 럼스펠드 공작의 시선이 그 둘을 제외하고 지금까지 있는 듯 없는 듯 자신의 주장을 해오지 않고 마치 그림자처럼 자리를 지키고 있는 이에게 시선을 두었다.

"어떻게 생각하나?"

"호타르 성과 케르보 성, 그리고 고드프루시아 성문을 모두 열어야 합니다."

무너진 기세를 병력으로 충원하자는 생각인 것이다.

"전면전이란 말인가?"

"물러나기에는 이미 늦었다고 사료됩니다."

마법사, 왕국의 대부분을 점유하고 있는 흑마법사가 아닌 백마법사이자 6서클의 게오르그 터너 백작이다. 그의 의견을 들은 럼스펠드 공작의 시선이 다시 마즈넬라 백작에게로 향했다.

"어떻게 생각하나?"

그에 마즈넬라 백작은 깊은 생각에 잠겨들었다.

'위험하다.'

지극히 위험했다. 잘못하면 본 성마저 잃고 참담한 패배를 당할 수 있었다. 하지만 전의에 불타는 기사들과 귀족들을 막을 수는 없었다. 그는 고개를 들어 병사들을 바라봤다. 전투는 기사와 귀족들만으로 하는 것이 아니었다.

병사들의 사기가 중요했다. 벌써 두 명의 기사가 죽었다.

기사 대전에서 완벽하게 패했다. 그런데 마지막 남은 맨하튼 경의 분전에 사기가 오히려 오르고 있었다.

'해볼 만한 것인가?'

지금의 상황을 어떻게 해야 할지 판단이 서지 않았다. 하지만 결심을 해야만 했다.

"한 가지 조건이 있습니다."

"무언가?"

"모든 병력이 아닌 절반의 병력은 남아야 합니다."

"그야 당연한 것. 성을 지켜야 할 것이 아닌가?"

"소작은 성에 남도록 하겠습니다."

"그리하게."

럼스펠드 공작의 허락이 떨어지자마자 마법사들과 켐벨 단장은 기사들과 병사를 차출했다. 지금 탈로스 성 안에는 정규군 2만이 있고 나머지 3만은 여덟 개의 성이 적절하게 분산되어 있다. 또한 자체적으로 추가로 징집한 병력이 1만이다. 성을 지키는 측면에서는 1만의 징집병을 두고 2만을 몰고 나가는 것이 맞았다.

각 성마다 약간의 차이는 있지만 대략 정규군 5천에서 7천 정도의 병력과 비상령으로 징집한 5천 정도의 병력이 주둔하여 대략 1만에서 1만 2천의 병력을 보유하고 있다. 카테인 왕국이라면 상상조차 할 수 없을 정도의 병력이다.

그것은 바로 수십 년간 전쟁을 준비해 온 나파즈 왕국이기에 가능한 병력이었다. 그러하기에 럼스펠드 공작은 미련 없이 마즈넬라 백작의 제안을 받아들인 것이다.

먼저 가장 먼 고드프루아 성문이 열렸고, 성문을 통해 7천의 병력이 카테인 왕국군의 후미로 돌아 들어갔다. 이어서 호티르 성과 케르보 성의 성문이 열리면서 벌판에 병력을 벌이고 있는 카테인 왕국군의 좌우로 달려들었다.

카테인 왕국군의 네 방면을 완벽하게 감싸는 진형이다. 탈로스 성의 성문이 열렸다. 적이 오지 않으니 성문을 열어 직접 돌격해 들어가는 나파즈 왕국군.

탈로스 성의 성문이 열리는 것을 본 주코프 자작은 빙긋 웃었다.

"즐거웠다."

"……?"

주코프 자작의 말에 의문의 빛을 떠올리는 와중 주코프 자작의 마상 장검이 맨하튼 경의 신형을 스치고 지나갔다. 그리고 느릿하게 쓰러져 가는 맨하튼 경이다. 죽어 쓰러지는 맨하튼 경의 얼굴에는 여전히 의문이 깃들어 있었다.

맨하튼 경을 죽인 주코프 자작은 말을 몰아 자신의 진중으로 돌아가 마상 장검을 들어 올리며 외쳤다.

"준비되었는가?"

"추웅!"

기세는 이미 오를 대로 올랐다. 그러던 와중에 성문이 열리고 전후좌우로 적들이 몰아쳐 들어왔다. 그러함에도 카테인 왕국의 병사들은 기세가 죽지 않고 오히려 더욱더 뜨겁게 달아오르고 있었다.

"크하하! 좋구나! 저 간악한 나파즈 왕국군에게 카테인 왕국의 저력을 보여주도록 하자!"

"와아아!"

"충! 충! 충!"

기치창검을 들어 올리며 앞으로 뛰쳐나가기 전에 한껏 기세를 올리는 카테인 왕국군이었다.

그리고 사방으로 적이 다가오고 있음에도 전혀 위축됨이 없는 병사들을 보며 주코프 자작이 흐뭇한 미소를 떠올렸다.

"전구운! 진격하라!"

그의 명령에 따라 2만에 이르는 병력이 움직였다. 사방으로 적어도 4만에서 5만의 병력이 포위하고 있음에도 불구하고 무서움을 모르는 듯 규칙적으로 정방형을 이루며 걸음을 옮기는 카테인 왕국군.

네 개 성의 병력과 전면전이 벌어지는 그 시각, 탈로스 성의 남문 야트막한 야산에 일단의 무리가 탈로스 성을 쏘아보고 있다.

"성문을 열었나?"

"그렇습니다."

"준비는?"

"언제든지 가능합니다."

카이론은 웰링턴 백작을 바라봤다. 참모임에도 불구하고 웰링턴 백작은 검을 차고 있었으며 카이론을 따라 전장에 참여하는 것을 주저하지 않았다.

카이론은 등 뒤에 메고 있던 언월도들 꺼내 들었다. 어떠한 명령도 없었다. 그가 움직이자 마치 한 몸이라도 되는 양 그를 따르는 병력이 움직이기 시작했다. 그들은 몸을 숨기지 않았다. 그저 말없이 탈로스 성의 남문을 향해 보무도 당당하게 진군할 뿐이었다.

"어?"

"군대?"

성벽에 선 병사가 남문 앞을 빼곡하게 차지하고 있는 수없이 많은 병력을 바라봤다.

"카테인 왕국군?"

그리고 같이 근무를 서고 있던 기사는 카테인 왕국의 인장기와 국왕의 인장기를 알아봤다.

"저, 적이다!"

기사가 외쳤다. 그때 카이론이 말 위에서 뛰어내려 말보다 빠른 속도로 달려 나가기 시작했다. 인간이 어찌 말보다 빠를까? 그 모습에 기사들과 병사들은 그저 입을 벌리고 연신 '어, 어?'를 계속할 뿐이었다.

그때 카이론의 언월도가 움직였다. 위에서 아래로, 좌에서 우로. 백색으로 밝게 빛나는 초승달 모양의 검격이 십자로 갈라지며 남문을 그대로 직격했다.

콰앙~

쿠드드득! 쩌어억!

검격이 성문에 부딪치며 성벽이 흔들릴 정도의 충격이 전해져 옴과 동시에 두껍디두꺼운 남문에 균열이 가기 시작하더니 단숨에 허물어져 내렸다.

"세, 세상에······!"

"마, 막아라!"

병사들은 침을 흘리고 있고 기사들은 가까스로 정신을 차리고 외쳤다. 병사들이 우왕좌왕하며 움직일 때 성벽에 날카롭게 만들어진 갈고리가 날아올라 성벽의 돌 틈에 단단하게 박혔다. 하지만 그 누구도 그 상황을 인지하지 못했다.

이들이 정규군이었다면 모를까, 비상령에 의해 징집된 병사들이었다. 훈련을 했다고는 하나 얼마나 훈련을 했을까? 병사들이 어지럽게 이리저리 날뛰고 있음에 기사들은 고래고래 소리를 지르며 그들을 단속해 보려 했지만 쉽지 않았다.

이미 허물어진 남문으로 카테인 왕국군이 물밀 듯이 밀려들고 있었고, 그들을 막아 공백이 된 성벽을 통해 일단의 왕국군이 성벽을 점령해 가기 시작했다.

"크아아악!"

한 명의 병사가 비명을 질렀다. 피분수가 뿜어져 나왔다. 흉흉하기 그지없는 카테인 왕국군이 벌벌 떨고 있는 병사를 바라보며 입을 열었다.

"살고 싶다면 그대로 있어라."

그 말을 남기고 돌아서는 카테인 왕국군. 카테인 왕국군은 혼자가 아니었다. 어느새 성벽은 카테인 왕국군으로 가득 찼다. 몇 명의 카테인 왕국군이 얼어버린 병사를 스치고 지나갔다.

주르륵!

병사의 바짓단 사이로 뜨뜻미지근한 무언가가 흘러내리고 있다. 성벽이 점령당하고 성문이 완벽하게 뚫려 버렸다. 그에 탈로스 성에 남아 럼스펠드 공작이 향하는 전장을 바라보던 마즈넬라 백작은 정신이 아득해짐을 느꼈다.

"이것이었던가?"

누가 상상이나 했겠는가? 공성 장비도 없이 단 한 명이 공성추로 몇 십 번을 부딪쳐야 겨우 깨뜨릴 수 있는 성문을 부수고 들어올 수 있다는 것을 말이다. 자신의 불안감이 적중했

상상 초월 157

음에 침음성을 흘렸다.

"외성은 포기하고 전군을 내성으로 집결시킨다."

성문이 부서졌다면 수습할 수 없다는 것을 의미한다. 남아 있는 7천을 모두 모아 내성을 지킨다면 어떤 곳을 공격해 들어오더라도 충분히 막아낼 수 있다고 판단한 것이다. 그에 보고를 올린 기사는 곧바로 자리를 벗어나 마즈넬라 백작의 명을 전파했다.

명을 내린 마즈넬라 백작은 전장으로 향하고 있는 럼스펠드 공작을 한 번 돌아본 후 내성을 향해 급히 걸음을 옮겼다.

'어쩌면 이미 패한 싸움일지도…….'

발걸음을 재촉하면서도 불길한 생각이 머릿속을 가득 채웠다. 당연히 그의 얼굴은 점점 더 일그러지고 있었다. 내성으로 향하는데 거친 비명 소리와 함께 진한 피비린내가 후각을 자극했다.

'벌써…….'

그가 내성의 남문에 도착할 즈음,

콰아아앙!

내성의 남문이 부서져 내리고 있었다. 마즈넬라 백작은 그 자리에 그대로 얼어붙어 버렸다. 외성의 남문이 깨졌다고 보고 받은 게 불과 10여 분 전이다. 그런데 그 짧은 순간 내성 남문이 부서져 내리고 있다.

내성 남문이 부서져 내리면서 떠오른 먼지와 부유물이 사라지면서 한 명의 사내가 모습을 드러냈고, 그 뒤로 수백의 기사와 병사가 보였다. 마즈넬라 백작의 시선이 거대한 사내의 뒤를 바라봤다.

'카테인 왕국의 인장기, 그리고 저것은… 국왕의 인장기!'

그랬다.

카테인 왕국의 국왕만이 가질 수 있는 유일한 인장기였다.

"직접 왔던가?"

그러면서 얼굴이 일그러질 대로 일그러지는 마즈넬라 백작이다. 대체 그 어디에서 국왕이 직접 성벽에 오르고 성문을 박살 낸다는 말인가? 있을 수 없는 일이라고 생각했는데 그일이 실제 눈앞에서 벌어지고 있었다.

"그대가 마즈넬라 백작인가?"

"그것을 어찌……?"

정확하게 자신을 지목하면서 묻는 카테인 왕국의 국왕이라 여겨지는 가장 선두에 선 자, 그리고 더욱 놀라운 점은 그와 자신의 거리는 거의 몇 백 미터 떨어져 있다는 것이다. 그러한 거리를 격하고 바로 앞에서 대화를 하고 있는 양 귓속으로 명확하게 들려오는 그의 목소리였다.

제5장

의외의 방문객

Warrior

"이대로 있을 수는 없습니다."

"버틸 수 없다는 것인가?"

"식량이……."

"무슨 말인가? 식량 비축 분은?"

"왕도와 네 개의 성을 지원하기에는 어려울 것이라 판단됩니다."

"그것이 무슨 말인가? 분명 백 일분의 비축분이 있다고 알고 있는데?"

"물론 그랬습니다."

"그랬다니?"

마샬 국왕의 목소리가 날카로워졌다.

"어떻게 된 것인가?"

"네 개의 성에 배치된 병력이 각 3만입니다. 하지만 각 성별로 수용할 수 있는 병력의 수는 최대 2만입니다."

"1만 정도가 초과되었다는 말이로군."

"그 외에 새로이 징집한 병력이 각 1만입니다."

"흐음, 두 배가 초과한 모양이로군."

"그렇습니다."

"……."

체스터 후작의 말에 마샬 국왕은 팔짱을 낀 채 생각에 잠겼다.

"얼마나 버틸 수 있겠나?"

"이 상태라면 한 달을 버티기 힘들 것입니다."

"한 달이라……."

고민하는 마샬 국왕.

"그리고……."

"그리고?"

"본국에서 통신이 들어왔습니다."

"무슨 내용인가?"

"본국의 북과 남에 카테인 왕국군이 진격해 북은 세 개의 성이 점령당했고 남은 다섯 개의 성이 적의 수중에 떨어졌다고 합니다."

무표정하게 본국의 상황을 보고하는 체스터 후작. 기실 그는 나파즈 왕국을 본국이라고 부르고 있기는 하지만 별로 감정은 없었다. 물론 카테인 왕국도 마찬가지였다.

"본국이 조금 당황했겠군."

"그렇습니다. 북은 럼스펠드 공작이, 남은 워싱턴 후작이 방어 사령관으로 임명되었습니다."

"결과는 아직 나오지 않았나?"

"접전이 벌어질 것이라 판단됩니다. 아무래도 원정군으로 보기에는 그 가진 바 병력이 빈약하기 때문입니다."

"하긴 그렇군. 무려 10만의 병력이 이곳을 포위하고 있으니까 말이야."

"그렇기는 하지만 당장에 중요한 것은 아군들 사이에서 점점 불안감이 고조되고 있다는 것입니다."

"그렇겠군."

"또한 본국에서 역시 포위망을 풀고 카테인 왕국의 후미를 잡아주길 원하고 있습니다."

체스터 후작의 말에 코웃음을 치는 마샬 국왕이다.

"흥! 위급하니 내 손을 빌리겠다? 후후, 다급해졌군."

"본국의 요청이 아니었어도 조만간 포위망을 풀고 저들과 일전을 벌여야만 합니다. 본국의 요청과는 별개로 본 성을 포함한 네 개 성의 상황을 봐서는 말입니다."

"하긴 그렇군."

마샬 국왕은 미간을 모았다. 결정적으로 상황이 이렇게 흘러가게 된 것은 엘레크 평원을 남 카테인 왕국에게 점령당했기 때문이다. 그렇지 않았다면 조금 시간이 걸리더라도 그저 전선만 유지해도 남 카테인 왕국을 충분히 무너뜨릴 수 있었다.

'엘레크 평원과 로마노프 백작을 잃은 것이 내 목을 죄는 부메랑이 되어 돌아올 줄이야.'

하지만 그때 당시에는 그것이 최선의 방법이었다. 그리고 남 카테인 왕국에서 설마 사방이 훤히 뚫린 엘레크 평원을 공략할 줄은 상상도 못 했다. 그들이 진군해 온다면 적당한 산이 있고 길이 어느 정도 발달되어 있는 남부로 치고 들어올 줄 알았다.

의외의 일격에 치명상을 입은 꼴이다. 그것만 생각하면 지금도 마샬 국왕은 입맛이 썼다. 그리고 또 하나 걸리는 것이 있었으니.

'데쓰 나이트와 듀라한을 완성할 시간이 부족하다.'

자신만이 가실 수 있는 비장의 무기. 자신의 모든 것이 포함된 전력이 바로 데쓰 나이트와 듀라한이다. 그것을 완성시켜야만 했다. 완성시키지 못한다면 자신의 모든 것을 희생한 30년이 수포로 돌아갈 가능성이 컸다.

무려 30년 동안 준비한 자신만의 무력이자 세력이다. 절대 포기할 수 없었다. 하지만 지금은 선택을 해야만 했다. 지금은 데쓰 나이트와 듀라한을 완성시키는 막바지 작업을 하고 있는 상황으로 가장 중요한 시기였다. 그 시기에 자신이 잠시라도 한눈을 판다면 30년간의 노력이 물거품이 될 수도 있었다. 하지만 본국의 요청 역시 무시할 수 없었다. 아무리 자신이 본국의 귀족들로부터 배척 받고 있다고는 하지만 태생적으로 본국을 버릴 수는 없었다.

그리고 자신이 돌아가야 할 곳은 이곳 카테인 왕국이 아닌 바로 나파즈 왕국의 왕성이었다.

"결국 문을 열 수밖에 없겠군."

"그렇습니다."

"내가 있는 것과 없는 것의 차이는?"

"개전 시를 제외하고는 그리 큰 문제가 없습니다. 어차피 전하께옵서는 후방의 본대에 머무르실 것이니 가끔 그 모습을 보여주시면 될 것입니다."

"그렇군. 그것은 나쁘지 않군. 한데 중요한 것은 나의 존재가 아니라 바로 루카스 백작이 문제겠지. 그에 대한 대책은?"

"어디까지를 원하십니까?"

"나는 누가 내 일거수일투족을 빤히 보고 보고하는 것을 원치 않아."

"뜻대로 될 것입니다."

"그럼 후작에게 전권을 맡기지."

"믿음에 보답토록 하겠습니다."

"수고하도록."

마샬 국왕의 모습이 어느새 사라졌다. 그가 사라졌음에도 불구하고 체스터 후작은 결코 고개를 들지 않았다. 그렇게 한참 동안 있던 체스터 후작이 마침내 허리를 폈다. 그가 허리를 폈을 때 국왕의 집무실 문을 열고 루카스 백작이 들어왔다.

"알아내지 못했소?"

"좀처럼 입을 열지 않더군요."

"흐음, 대체 비밀리에 만들고 있는 것이 무엇이길래……."

"그보다 그는 백작의 죽음을 원하고 있소."

"뭐 조금 늦은 감이 없지 않아 있지만 이미 짐작한 일. 이미 준비는 완료되었소."

그에 무표정하게 고개를 끄덕이는 체스터 후작은 뭔가 루카스 백작과 먼저 서로 주고받은 말이 있던 듯 짧게 이어지는 말이 딱딱 들어맞고 있었다.

"조심해야 하오. 내 머리는 이미 내 머리가 아니니까 말이오."

체스터 후작은 머리를 검지로 툭툭 두드리며 입을 열었다. 그에 루카스 백작은 안색을 찌푸렸다. 체스터 후작의 머릿속에 들어 있는 어떤 것, 그것을 자신은 꺼낼 수 없었다. 그렇다는 것은 이미 6서클 마스터인 자신을 마샬 국왕이 뛰어넘었다는 것을 의미했다.

지금 체스터 후작은 루카스 백작에게 경고를 보내고 있었다. 지금까지는 잘 속아 넘어갔지만 그가 언제 자신과 체스터 후작의 관계를 알아차릴지 모를 일이었다. 지금까지 들키지 않은 이유는 그가 자신에게도 알리지 않은 채 그만의 비밀 작업으로 그 외에 다른 것에 신경 쓰지 않고 있기 때문이라 할 수 있었다.

"주의하도록 하겠소. 그건 그렇고, 바로 출정할 것이오?"

"이미 준비되었는데 굳이 돌아갈 이유는 없잖소."

"그렇지. 하면 먼저 나가보겠소."

"뜻대로."

루카스 백작이 집무실을 벗어났다. 그런 루카스 백작의 뒷모습을 심유한 눈길로 바라보던 체스터 후작이 나직하게 읊조렸다.

"나는 가문을 위해 왕국을 배신했지. 하지만 나의 가문은 아직 왕국을 배신하지 않았다. 마샬 국왕, 그대는 날 아직 잘 몰라."

그의 눈동자에서 시퍼런 귀화가 피어올랐다.

* * *

"드디어 성문을 여는군."

"아마도 국왕 전하께옵서 엘레크 평원을 평정하신 덕분일 것입니다."

"그렇지. 그렇지 않았다면 그저 버티기만 해도 되는 전쟁이니까 말이네."

"그렇습니다.

알프레드 슐리펜 공작과 라마나 마하리쉬 후작의 대화였다. 그곳에는 세븐 스타 중 다섯이 모두 모여 있었고, 그 외 왕성을 포함한 네 개 성을 포위하고 있는 지휘관과 참모들이 모두 모여 있었다.

슐리펜 공작이 좌중을 둘러보며 입을 열었다.

"자, 이제 적이 밖으로 나왔소. 하면 우리는 어찌해야 할까?"

"핵심적인 자들을 제외하고는 흡수해야 합니다."

누군가 입을 열어 의견을 제시했다.

"그래, 그 방법이 최적의 방법이겠지. 하면 어떻게 핵심적인 자들을 제거하고 어떻게 흡수해야 할까?"

"적을 제거하는 데에는 암습과 기사 대전이 있을 것입니다."

"그도 그렇군. 적의 병력이 15만이라고는 하나 성을 지키는 병력과 각 네 방향으로 나눠져 있으니 그리 어렵지는 않을 것 같기도 하고 말이야. 문제는 적의 수뇌부를 형성하고 있는 흑마법으로 강화되거나 변이된 이들이겠지."

"으음."

슐리펜 공작의 말에 다들 침음성을 흘렸다. 핵심은 그들이었다. 그들을 제거한다면 이번 전쟁은 아주 쉽게 끝날 수 있었다. 하지만 일반 기사와 병사들 사이에서 그들을 어떻게 걸러내느냐가 문제였다.

이미 15만이라는 적 전력에 대해서는 상세할 정도로 정확하게 파악한 지 오래였다. 하지만 별다른 뾰족한 방법이 없었다. 슐리펜 공작은 그런 그들을 바라보며 다시 입을 열었다.

"모여 있다고 해서 없는 생각이 불쑥 솟아나지는 않겠지. 일단 회의는 이것으로 마치고 명일 오전에 다시 모이도록 하지."

"명!"

저녁 늦게까지 이어진 회의가 드디어 끝이 났다. 귀족들은 분분히 일어나 자리를 벗어났고, 마하리쉬 후작과 다섯 개의 별만이 남아 있다. 포위망을 형성하고 있는 실질적인 인물들이 여기 모두 모여 있는 것이다.

그들 역시 침묵하고 있었다. 별달리 뾰족한 수가 나오지 않았기 때문이다.

'나 혼자라면 어떻게 해볼 터인데…….'

그러한 그들을 보며 슐리펜 공작은 진한 아쉬움을 느꼈다. 전력을 최대한 아끼고 단순하게 가담한 모든 이들을 흡수해야만 했다. 그렇지 않으면 당장에 나파즈 왕국과의 전력에서 밀린다.

거기에 또 하나, 후방을 든든히 할 수 있다는 것이다. 그러하니 이쪽이든 저쪽이든 전력을 최대한 보존한 상태에서 내란을 진압해야만 했다. 그렇지 않다면 이렇게 골머리를 앓을 필요조차 없었다.

카이론이 슐리펜 공작과 일곱 개의 별 중 다섯 개의 별을 이곳에 남긴 이유가 바로 그것이었다. 나파즈 왕국의 60만 대군을 막아내기에는 턱없이 모자란 병력. 만약 왕성의 네 방향을 에워싸고 있는 성의 병력 대부분을 흡수한다면 최소 10만 이상의 병력이 새로 유입되는 것이다.

그들은 따로 훈련을 할 필요조차 없었다. 정예니까. 총 35만의 병력이면 충분히 해볼 만하지 않겠는가? 그러기 위해서 카이론은 선제공격에 들어간 것이다. 고작 10만으로 말이다. 말이 안 되고 절대 불가능한 일이었지만 카이론은 그것을 보기 좋게 성공시켰다.

그 덕분에 나파즈 왕국은 잠시 주춤한 상태였다. 이제는 자신이 실력을 보여줘야 할 때였다. 그런데 그놈의 임무가 절대로 쉽지 않았다.

"일단 여기까지 하지. 모두 쉬도록 하게."

"알겠습니다."

슐리펜 공작은 모두를 물렸다. 거대한 막사에 홀로 남은 슐리펜 공작. 잠시 침잠해 있던 그의 눈동자가 날카롭게 변했다.

"누군가?"

"……."

대답이 없다. 아니, 불이 환히 밝혀진 그의 막사에는 그를 제외하고 그 누구도 없었다. 한데 누구에게 하는 말인가?

"손님으로 온 것이 아니라면 목을 내놓아야 할 것이야."

나직하게 으르렁거리는 슐리펜 공작. 그에 그의 전면 공간에 일그러짐이 생기더니 한 명의 사내가 모습을 드러냈다.

"…체스터 후작인가?"

슐리펜 공작은 단번에 알아봤다. 오히려 일그러짐 속에서 모습을 드러낸 체스터 후작이 더 당황한 모습을 보일 정도였다.

"내 알기로 체스터 후작은 마법을 사용할 줄 모른다고 하였는데 마나가 유동하는 것으로 봐서 분명 마법을 사용한 것이로군."

"마나의 유동을 감지할 정도라니 제가 아는 슐리펜 공작 각하는 아닌 듯하군요."

"본작에 대해서 제대로 파악하지 못하고 있군."

"카테인 왕국의 검이라 불리는 슐리펜 가문은 왕국의 어둠 속에 존재했던 가문이 아닌가 합니다."

"이제 밝은 곳으로 나왔네."

"그러합니까?"

"그렇다네. 그런데 이제는 적국의 후작의 된 그대가 날 찾아온 이유가 무엇일까?"

여전히 여유로운 태도를 견지하고 있는 슐리펜 공작이다. 그에 체스터 후작은 고개를 끄덕였다. 마법을 사용하여 모습을 드러낸 자신을 보고도 전혀 동요하지 않는 모습과 담담하게 이 상황을 맞이하는 모습 때문이다.

'과연 그답다고 해야 하나?'

확실히 대단히 강심장이라고 해야 했다. 과거 카테인 왕국의 처형부대인 슈츠쉬타펠의 수장답다고 해야 할까?

"제안을 하나 할까 합니다."

"제안이라……. 들어보도록 하지."

슐리펜 공작의 눈동자가 심유하게 체스터 후작의 눈동자

를 들여다보았다. 그에 체스터 후작은 아주 잠깐 전신을 훑고 지나가는 슐리펜 공작의 시선을 느낄 수 있었다. 전신의 피가 싸늘하게 식는 느낌이 들었다.

체스터 후작은 자신도 모르게 마른침을 삼켰다.

'단순히 슈츠쉬타펠의 수장이 아니었다는 것인가?'

슐리펜 공작과 체스터 후작 사이에 묘한 긴장감이 흘렀다. 체스터 후작은 잠시 호흡을 가다듬고 입을 열었다.

"그들을… 따로 분리하겠소."

"그들? 그들이라……. 내가 생각하는 그들이 맞나?"

"아마도 맞을 거요."

"왜?"

"저는 아직 카테인 왕국의 귀족이오."

카테인 왕국의 귀족이라 스스로 말하는 체스터 후작을 심유한 눈동자로 바라보는 슐리펜 공작이었다.

"아니, 아니야. 겨우 그런 이유로 그런 제의를 할 정도는 아니야. 다른 이유, 조금 더 궁극적인 이유가 있을 것 같은데 말이지."

"……."

슐리펜 공작의 말에 잠시 말문을 닫은 체스터 후작의 눈동자가 침잠해 들었다.

'마치 무저갱을 보는 것 같군.'

체스터 후작의 눈동자를 바라본 슐리펜 공작의 생각이다.

'도대체 무슨 일이 있었던 것이냐. 그리고… 이것은 어둠의 마나로 이루어진 마계에서나 존재하는 폭혈충.'

마계의 폭혈충. 이미 이 중간계에서는 잊힌 지 오래된 마물이다. 하지만 슐리펜 공작의 기억 속에는 선명하게 자리 잡고 있는 존재. 대체로 피대상자의 변심을 막기 위해 사용되며 고서클의 흑마법사에 의해 시전된다.

'시전자는 최소한 7서클의 흑마법사이고, 폭혈충을 임시방편으로 봉인한 것을 보니 본인은 6서클쯤 되는군.'

슐리펜 공작은 체스터 후작의 머리에 깃든 폭혈충의 존재를 감지했고, 지금 그 폭혈충이 잠들어 있음도 감지했다.

'모험을 했군.'

자신을 찾아오기 위해 모험을 했다. 자신의 목숨을 걸고 말이다.

'무엇 때문일까? 가문을 살리기 위해서서? 설마 또다시 마샬 국왕을 배신한 것일까?

수없이 많은 생각과 상념이 슐리펜 공작의 뇌리를 스치고 지나갔다. 그때 조용하게 체스터 후작의 입이 열렸다.

"평생을 가문과 왕국의 영광을 위해 살아왔소."

"그런 것 같더군. 왕국을 배신한 것도 그렇고 말이야."

"불가항력이었다면 믿겠소?"

"그런가? 상대가 고 서클의 흑마법사라면 그럴 수도 있겠군."

"알고… 있었던 것이오?"

"모르는 것이 더 이상한 일이 아닌가? 그동안 수많은 전투가 있었고, 그 수많은 전투 중에 키메라가 된 병사들과 흑마법에 의해 변이된 기사들을 수도 없이 보아왔으니 말이야."

"……."

말없이 슐리펜 공작을 바라보는 체스터 후작.

"그들을 왜 방치했소?"

"누가 주동자인지 모르니까. 물론 어느 정도 짐작은 하고 있네만."

슐리펜 공작의 말에 고개를 주억이는 체스터 후작은 갈라진 목소리로 입을 열었다.

"하면 현재 내가 어떤 상태인지도 알고 있는 것이오?"

"대충은."

그의 말에 약간의 희망 어린 목소리로 바뀐 체스터 후작이다.

"해결할 수 있소?"

"동급의 마법사로서 공격 마법의 경우 흑마법은 상당히 강력하다고 할 수 있지."

슐리펜 공작의 말에 급격하게 무너지는 체스터 후작.

"할 수 없다는 말이오?"

"그렇다고 봐도 되지."

"흐음."

생각에 잠긴 체스터 후작은 이내 원래의 신색을 되찾았다.

"어쨌든 본작은 그들에게 별도의 명을 내릴 것이오."

"무슨 말인가? 마샬 국왕이 직접 지휘하는 것이 아닌가?"

"슐리펜 공작께서도 이미 어느 정도 짐작했을 것이오. 그가 그 모든 일의 원흉인 것을 말이오. 또한, 그는 이미 방어에 대한 모든 권한을 본작에게 위임했으니 그에 대한 건 걱정하지 않아도 돼오."

"크흠."

드디어 마샬 국왕의 정체가 드러나고 있었다. 슐리펜 공작은 나직한 침음성을 흘리고는 더 해보라는 듯이 체스터 후작을 바라봤다.

"아마 북 카테인 왕국에 있는 대부분의 수뇌부는 나와 같은 실정일 것이오."

그러면서 검지로 자신의 머리를 툭툭 두드렸다.

"그렇다면 그들을 거두기는 어려울 것 같군."

"그렇소. 마샬 국왕보다 높은 서클의 백마법사가 아니면 폭혈충을 어찌할 수 없을 것이니 말이오."

"해서 무엇을 얻고 싶은가?"

"……"

슐리펜 공작의 물음에 잠시 침묵하는 체스터 후작. 하지만 그의 침묵은 그리 길지 않았다.

"가문의 존속과 과거의 영광을 되찾은 카테인 왕국, 그리고 복수요."

"복수? 복수라……."

말을 흐리며 체스터 후작을 날카롭게 응시하는 슐리펜 공작. 마치 체스터 후작의 얼굴에서 무언가를 찾아내려는 듯 말이다. 하나 체스터 후작의 얼굴은 어떤 변화도 없었다.

"사실인가 보군."

"본작이 욕망을 가지고 지극히 세속적이라는 점은 인정하오. 하나 카테인 왕국의 귀족으로서 가지는 자부심 역시 거짓은 아니오. 일순간의 욕망을 이기지 못하고 악마와 계약을 한 나이지만 그래도 늦지 않았다고 생각하오."

"후회는 아무리 빨라도 늦은 법이지."

"돌이킬 수 없다는 것도 아오. 하나 전혀 방법이 없는 것은 아니오."

"전혀 방법이 없는 것은 아니라……. 무슨 방법을 생각해낸 모양이로군."

"마샬 국왕의 곁에는 그를 견제하고 감시하는 자가 있소. 그의 힘을 빌릴 것이오. 그 또한 6서클의 흑마법사. 그라면 본작을 이용해 마샬 국왕에게 위해를 가할 수 있을지도 모르는 일이오."

"죽을 작정인가?"

"본작은 인간으로서 죽고 싶소."

"……."

진심을 느낄 수 있었다.

"이제 와서 인간으로서 죽겠다니 조금은 믿을 수 없군."

슐리펜 공작의 말에 체스터 후작은 말없이 고개를 주억거렸다. 그럴 만도 했다. 자신은 내전을 일으킨 주범이기도 했고, 마샬 국왕의 주구가 되어 전쟁을 수행했으니까 말이다.

그의 머리에서 나온 계략은 수많은 카테인 왕국의 왕국민과 기사를 죽음으로 몰아넣었고, 카테인 왕국 전체를 전쟁으로 피폐해지게 만들었으니 말이다.

"마샬 국왕의 목적은 카테인 왕국의 존속이 아닌 흑마법을 위한 노예를 생산하거나, 자신들의 힘을 강화시킬 제물로 사용할 수 있는 실험체에 있소. 수없이 많은 귀족과 왕국민이 그의 실험에 제물이 되었고, 그 수없이 많은 귀족 중 본작의 아들도 있었소."

결국 그것이었다. 그제야 슐리펜 공작은 고개를 끄덕였다. 기실 체스터 후작이 왕국을 배신한 가장 큰 두 가지 이유 중하나가 바로 가문의 존속이었으니까 말이다.

“진심이로군.”

“진심이오.”

“약속하지.”

“고맙소.”

그러면서 슐리펜 공작의 앞으로 무언가 밀어 내어놓는 체스터 후작이다.

“무언가?”

“보면 알 것이오.”

“어쨌든 고맙군.”

“고마울 것 없소. 이 또한 사사로이 내 가문을 위한 것이니까.”

“그런가? 그렇다고 해두지. 하면 언제 시작할 것인가?”

“이틀 후. 그들에게 암습 명령을 내릴 것이오. 왕성은 비울 것이고 말이오.”

“나쁘지 않군.”

“제안을 받아들여 줘서 고맙소.”

“거래니까.”

“그럼.”

말을 마치고 그가 살짝 고개를 숙여 품속에서 스크롤을 꺼내 막 찢으려는 순간 슐리펜 공작의 입이 열렸다.

“잘 가게. 그리고 고맙네.”

슐리펜 공작의 말에 설핏 미소를 떠올리고 고개를 끄덕이는 체스터 후작.

"텔레포트!"

그의 외침과 함께 밝은 빛이 터져 나오며 체스터 후작은 사라져 갔다.

"이틀, 이틀 후라……."

그러면서 자신의 앞에 놓인 책자를 들춰보았다. 책자는 깨알 같은 글씨로 현재 북 카테인 왕국군의 위치와 주요 지휘관, 군의 체계와 무기까지 군 운영에 대한 모든 것이 빠짐없이 적혀 있었다.

"정말 목숨을 걸었군."

마지막 장까지 단숨에 읽어 내린 슐리펜 공작이 나직하게 입을 열었다.

"밖에 누구 있나?"

"기사 무리엘이 있습니다."

"마하리쉬 후작과 오성을 불러오게."

"명!"

명을 내린 슐리펜 공작의 눈동자가 심유한 빛을 냈다.

*   *   *

"어찌 되었소?"

"모든 것은 완벽하오."

"하면 이제 실행만이 남은 것이구려."

"그렇소."

"정말 할 작정이오?"

"내가 하지 않으면 도대체 누가 할 수 있단 말이오."

"좋소, 준비하겠소."

루카스 백작이 자리를 벗어났다. 루카스 백작이 사라진 곳을 바라보던 체스터 후작은 나직하게 독백했다.

"마샬 국왕을 제거하기 위해 나를 이용하고 있음을 알고 있다. 하나 머리는 너만 사용하는 것이 아님을 알게 될 것이다."

체스터 후작과 루카스 백작.

절대 어울릴 수 없는 조합이라 할 수 있었다. 남들이 봤을 때 그들은 같은 북 카테인 왕국의 귀족이다. 하지만 실상은 달랐다. 자신은 카테인 왕국의 귀족이고 루카스 백작은 나파즈 왕국의 귀족이었다.

자신의 육체가 흑마법사들에게 점령당했다 해서 정신까지 모두 그들에게 점령당한 것은 아니었다. 자신은 죽는다 해도 카테인 왕국의 귀족으로 죽을 것이다. 절대 나파즈 왕국 따위의 귀족으로, 혹은 왕국을 배신한 배덕자로 죽지는 않을 것이다.

오랜 생각 끝에 그가 걸음을 옮겼다. 그가 향하는 곳은 루카스 백작이 있는 실험실. 그곳에서 코를 찌르는 비릿한 냄새가 흘러나오고 있었다.

"왔소?"

"저곳으로 가면 되는 것이오?"

"그렇소."

루카스 백작의 말에 체스터 후작은 말없이 검은 안개가 일렁이는 마법진 안으로 걸음을 옮겼다.

"후작의 희생은 후대는 물론 나파즈 왕국 전역에 알려질 것이오."

"그렇소? 그렇다면 다행이로군."

마법진의 정중앙에 가 정좌한 체스터 후작이 루카스 백작을 응시했다.

"지금부터 시작하겠소."

끄덕!

눈을 감고 담담하게 기다리는 체스터 후작. 그에 마법진을 구성하며 일렁이던 검은 안개가 스산한 소리를 내며 체스터 후작을 감싸기 시작했다.

콰득!

그에 체스터 후작은 어금니를 꽉 깨물었다. 상상 이상의 극통이 전해져 왔기 때문이다.

'참는다. 참아낸다. 반드시.'

어금니를 꽉 깨문 체스터 후작의 전신이 부들부들 떨렸다. 체스터 후작의 전신을 감싼 검은 기류가 그의 콧속으로 스며들면서 그가 걸치고 있던 의복을 몽땅 태우고 동시에 그의 가슴에는 선명하도록 진한 검은색 도형이 자리 잡았다.

어느새 검은 기류는 씻은 듯이 사라졌고, 식은땀을 흠뻑 흘리고 있는 체스터 후작이 조심스럽게 호흡을 가다듬으며 눈을 떴다.

"성공인가?"

"성공이오."

"이로써 그를 죽일 수 있는 확률이 1할 정도는 올라간 셈이군."

"그에게 피해만 줄 수 있다면 상관없소. 나머지는 본작이 알아서 할 것이오."

"백작을 믿겠소."

그 말과 함께 일어서는 알몸의 체스터 후작에게 칙칙한 검은색 로브가 날아왔다. 그것을 잡아챈 체스터 후작은 아무런 거리낌 없이 로브를 걸치고 실험실 문을 나섰다.

그러다 나직하게 입을 열었다.

"이틀 후요."

"알겠소."

둘은 아무 일도 없었다는 듯이 갈라섰다.

*   *   *

"오늘인가?"

"그렇사옵니다."

마샬 국왕이 모습을 드러냈다. 여전히 변함없는 모습과 무
감정한 목소리. 상대를 주눅 들게 만드는 기세는 여전했다.
마샬 국왕의 시선이 체스터 후작에게로 향했다.

"조금 변한 것 같군."

"시일이 꽤 흘렀사옵니다."

"시일이 흘렀다 해서 바뀔 기세는 아니지."

"그렇다고 해서 소신이 변심할 수 있는 것은 아니지 않사
옵니까."

"하긴 그렇지."

체스터 후작의 말에 무심하게 그를 스쳐 지나가는 마샬 국
왕이다. 순간 체스터 후작은 등줄기가 서늘해지는 것을 느꼈
다. 그 짧은 순간에 마샬 국왕의 시선이 자신의 전신을 훑고
지나갔기 때문이다. 아마도 그는 자신의 뇌 속에 잠들어 있는
폭혈충을 믿고 있는 것일 게다. 자세히 살핀 것도 아닌 존재하
고 있는지 없는지만 확인했을 것이다. 여기에 있는 그 누구도

자신이 심어놓은 폭혈충을 어찌할 수 없음을 알기 때문이다.

"준비는?"

"연설만 하시면 되옵니다."

"잘했군."

마샬 국왕은 그저 그렇게 체스터 후작을 치하한 후 사열대 앞에 도열해 있는 수만의 병력이 있는 곳으로 향했다.

"와아아!"

"추웅! 충!"

그가 모습을 드러내자 기치창검을 들어 올리며 소리를 지르는 병사와 기사들을 보며 만족한 웃음을 지어 보인 마샬 국왕이 손을 들어 올렸다. 그가 손을 들어 올리자 장내에 정적이 감돌았다.

"오늘로서 남과 북으로 갈라진 카테인 왕국은 하나가 될 것이다. 그리고 그 선두에는 자랑스러운 북 카테인 왕국의 정예 병사가 있을지니 그들과 함께 남 카테인 왕국을 평정하라!"

"우와아악!"

"추웅! 충!"

마치 전염이라도 된 듯 함성을 지르는 병사들. 그런 모습을 보며 신형을 돌려세우는 마샬 국왕. 그가 단상에서 사라질 때까지 계속 충성을 연호하는 기사들에 마샬 국왕은 만족스러운 웃음을 떠올렸다.

"되었군."

"그렇사옵니다."

"하고, 긴히 할 말이 있다고?"

"그렇사옵니다."

"어디로 갈까?"

"집무실이 좋지 않을까 하옵니다."

"가도록 하지."

한 치의 망설임도 없이 답하는 마샬 국왕의 자신감이 충만한 모습은 오만해 보일 정도였다. 그가 앞서 걷고 체스터 후작이 그의 뒤를 따랐다. 길고 긴 회랑을 지나 마침내 집무실에 도착한 마샬 국왕과 체스터 후작.

마샬 국왕은 집무실의 의자에 편하게 앉은 후 긴히 할 말을 해보라는 듯 체스터 후작을 바라봤다.

"그래, 할 말이란?"

"……."

그의 물음에 별다른 말을 하지 않는 체스터 후작이었다. 미묘하게 그의 태도가 변했다는 것을 눈치챈 마샬 국왕이 주변을 둘러보았다.

"무엇을 기다리는가?"

"그렇소."

"그렇소?"

마샬 국왕이 서늘하게 웃으며 되물었다.

"크큭, 죽고 싶은 모양이로군. 감히 그렇소라니 말이야."

"죽을 각오는 이미 되어 있소."

"그래, 그렇군. 그런데 말이야, 솔직히 궁금해서 그러는데 왜지?"

"나는 오로지 카테인 왕국의 귀족이고 인간으로서 죽고 싶기 때문이오."

"겨우 그건가? 인간이 아니면 어떠한가? 영생을 누릴 수 있다면 아무 상관없지 않은가?"

"뒤늦게 깨달았지만 영생이 무슨 의미가 있을까 싶소. 모두 죽고 나 혼자 산다 해서 그것이 과연 어떤 의미가 있을까 싶기도 하고 말이오. 그리고 당신은 결국 나파즈 왕국의 왕자이지 않소?"

"결국 그런 건가? 내가 나파즈 왕국의 왕자이기 때문인가? 정말 죽음이 두렵지 않은 모양이로군."

그러면서 손을 들어 올리는 마샬 국왕. 그의 손이 멈추고 체스터 후작의 머리를 가리키자 체스터 후작의 얼굴이 일그러지기 시작했다.

"크흐윽!"

"고통스러운가?"

봉인되어 있던 폭혈충의 봉인이 아주 간단하게 풀렸다. 과연 마샬 국왕이 그토록 태연하던 이유가 있었다. 체스터 후작은 머리를 감싸며 눈에서 검붉은 핏물을 흘렸다.

"나에게 진심으로 충성을 맹세한다면 살려줄 수도 있지."

"무… 의미… 하다 했다! 크으윽!"

"호오~ 기개가 좋군. 어디 한 번 볼까, 그 기개가 언제까지 이어질지?"

퍼억!

체스터 후작의 귀에서 검붉은 핏물이 터져 나왔다. 체스터 후작은 전신을 휘청거리며 걸음을 옮기기 시작했다. 불과 몇 미터도 되지 않건만 체스터 후작에게는 멀고도 멀었다.

마샬 국왕은 눈과 귀에서 핏물을 쏟아내면서도 여전히 조금씩 자신을 향해 다가오는 체스터 후작을 재미있다는 듯이 바라보고 있었다.

"흐흐, 대단하군. 이미 쓰러져 죽었어야 하거늘 아직도 버티고 있군. 하나."

날카롭게 웃던 마샬 국왕의 음성이 싸늘하게 식어갔다.

"제 주제도 모르고 함부로 나에게 이빨을 드러낸 놈을 살려둘 아량이 내겐 없다. 기회를 주었음에도 그 기회마저 버린 놈에게 말이야."

그런 마샬 국왕을 보고 핏물을 게워내며 입을 여는 체스터 후작.

"내 주제가 어떻단 말이더냐. 나는 일인지하 만인지상이라고는 하나 개처럼 살기보다는 사람으로 살기를 바랄 뿐이다. 조금 늦은 깨달음이기는 하지만 말이다."

"너무 늦었군. 최고의 영광을 너에게 줄 수 있었거늘."

"마리오네트처럼 조종당하는 최고의 영광이 무슨 대수일까?"

"크큭, 그도 그런가?"

재미있다는 듯이 웃던 마샬 국왕은 이내 얼굴에서 웃음을 지웠다.

"하지만 나에게 반하는 것은 용납할 수 없지. 이제 죽어라."

마샬 국왕이 손가락을 위에서 아래로 내리자 체스터 후작의 몸이 급격하게 부풀어 올랐다.

그리고 그때 체스터 후작의 입에서 나직한 소리가 흘러나왔다.

"…밤!"

"뭐?"

급격하게 부풀어 오르는 체스터 후작의 전신. 순간 마샬 국왕은 무언가 이상함을 느꼈다.

"젠장!"

퍼어엉! 푸화아악!

체스터 후작의 전신이 터져 나갔다. 그리고 체스터 후작의 피와 살점이 여지없이 마샬 국왕의 전신을 향해 쏟아져 갔다. 실로 순식간에 일어난 일에 마샬 국왕 역시 그 폭발을 경시하지 못하고 급급하게 다크 실드를 펼쳐 방어했다.

투두둑! 치익! 치지직!

마샬 국왕의 다크 실드를 두드리는 수없이 많은 파편에 다크 실드에 균열이 생기기 시작했다.

"이, 이런!"

그에 마샬 국왕은 당혹성을 내뱉었다. 생각 이상의 파괴력에 당황한 것이다. 그 순간, 공간 속에서 다크 스피어가 그에게로 날아들었다.

콰아앙!

"크으윽! 누구냐?"

쐐에에엑!

대답은 없고 또다시 칙칙한 어둠의 색을 띤 화염이 그를 향해 연달아 날아들었다.

"다크 볼!"

몇 개의 다크 볼이 자신을 향해 쏟아져 오는 흑마법을 상쇄시켰다.

콰쿠구궁!

순식간에 난장판이 된 집무실. 그와 함께 기사 몇 명이 득달같이 뛰어들며 외쳤다.

"죽어랏!"

"다크 실드! 다크 블레이드! 다크 웹!"

연달아 세 개의 마법을 시전하는 마샬 국왕이지만 창졸지간에 당한 기습이라 그는 상당히 낭패한 모습이었다. 여기저기 그을린 자국과 함께 체스터 후작의 자폭에 의해 입은 상처로 인해 제대로 된 대응을 하지 못하는 것처럼 보였다.

"캔슬! 공격하라!"

누군가가 마샬 국왕의 마법을 해제시키고 외쳤다.

"네놈, 루카스 백자악!"

마샬 국왕의 입에서 분노의 일갈이 터져 나왔다.

"크하하하! 꼴 좋구려, 마샬 삼왕자 전하."

"네놈이 감히!"

"크흐흐, 만약 지금 하고 있는 비밀 실험에 대한 것을 밝힌다면 살려줄 수는 있소."

루카스 백작의 말에 마샬 국왕은 서늘한 살소를 베어 물며 주변을 살폈다. 다섯 명의 기사가 자신을 둘러싸고 있다. 한 번의 공방으로 인해 드러난 전력은 자신이 위험하다는 것을 말해주고 있었다.

'젠장. 설마 독을 품고 있을 줄이야.'

그러했다. 체스터 후작은 단순히 자폭만 한 것이 아니었다. 마샬 국왕을 향해 자폭한 체스터 후작의 피와 살점 속에는 독이 포함되어 있었다. 그 독은 마샬 국왕의 다크 실드를 부수고 들어가 그를 중독시켰다.

마나의 흐름과 공급이 원활하지 않았다. 해독하기 어려운 독은 아니었다. 어차피 독 정도로는 자신을 어찌할 수 없었다. 하지만 지금 자신은 해독에 신경 쓸 여유가 없었다. 다섯 명의 기사와 한 명의 6서클 흑마법사.

결코 방심할 수 없는 상대였다. 잠시 뜸을 들이는 상황에 루카스 백작은 마샬 국왕이 결코 자신이 요구한 내용을 말해 주지 않을 것이라 생각했다.

"시간을 벌려 하는군. 쳐라!"

그에 지체 없이 외치는 루카스 백작. 그의 외침은 시리도록 차가웠다.

"죽어랏!"

기사의 검에 검은색의 오러가 맺혔다.

'어렵겠군. 시간이 조금 더 필요하건만.'

그에 마샬 국왕의 눈동자가 흔들렸다. 벗어날 방도가 생각나지 않았기 때문이다. 자신의 전신을 돌고 있는 독만 아니었어도 이리 가볍게 당하지는 않았을 것이다. 흑마법사가 되었든 백마법사가 되었든 마법사라는 존재는 준비하지 않으면 어린아이에게조차 죽임을 당할 수 있었다.

하지만 절대 약세를 보일 수는 없는 법.

"감히! 다크 레인!"

그의 외침에 어둠의 비가 내렸다.

"피, 피해!"

"다크 실드!"

다급하게 기사들에게 실드를 펼쳐주는 루카스 백작. 실로 기민한 대응이었다. 그 순간 마샬 국왕이 또 다른 마법을 발현시켰다.

"다크 라이트닝!"

빠지직!

어둠의 번개가 떨어져 내렸고, 두 명의 기사는 그 어둠의 번개에 직격당해 시꺼멓게 변해 타 죽었다. 하지만 상대 기사는 다섯 명이다.

쉬칵!

"크아악!"

마샬 국왕의 왼쪽 팔이 떨어져 내렸다.

"지금이다! 몰아쳐!"

세 명의 기사가 득달같이 달려들었다. 그때 마샬 국왕이 어금니를 꽉 깨물며 말했다.

"루카스 백자악!"

"안 돼! 막아! 공격하란 말이다!"

마샬 국왕이 마지막 남은 마나를 활용해 텔레포트를 시도했고, 기사들과 루카스 백작의 공격이 그가 있던 자리에 휘몰아쳤다.

콰가가강! 콰강!

그들의 공격이 떨어져 내린 곳에는 불행하게도 아무것도 남아 있지 않았다. 그에 루카스 백작의 얼굴이 붉으락푸르락했다.

"이, 이런!"

당혹해하는 루카스 백작. 철저하게 준비한다고 했음에도 불구하고 마샬 국왕의 마지막 한 수를 간파하지 못해 결국 그를 놓치고 말았다.

그렇게 당혹해하는 순간 누군가가 공간을 열고 모습을 드러냈다.

"흐음, 또 늦은 것인가?"

"누구냐?"

그에 공간을 열고 모습을 드러낸 자의 시선이 루카스 백작을 향했다. 순간 루카스 백작은 전신이 얼어붙는 것 같은 느낌에 옴짝달싹도 할 수 없었다. 심지어 자신의 마음대로 다룰 수 있는 어둠의 마법마저도 움직이지 않는 것 같은 느낌이 들었다.

"네놈이 루카스 백작인가 보군."

"그, 그걸……."

"흠. 심장의 고리를 보니 6서클이로군."

루카스 백작을 보며 단번에 그의 경지를 꿰뚫는 사내, 그는 바로 슐리펜 공작이었다.

"죽어랏!"

그때 세 명의 기사가 슐리펜 공작을 향해 쇄도했다. 어둠의 마나에 잠식된 기사들. 그들에게 두려움이란 없었다.

그에 슐리펜 공작이 손을 살짝 들어 올렸다.

그의 올린 손을 따라 시퍼런 마나 블레이드가 솟아났다.

스가각!

그리고 스치듯이 세 기사의 목을 관통했고, 세 기사는 마치 불에 탄 듯 붉은 균열을 일으키며 먼지가 되어 사라졌다.

"누, 누구냐!"

다시 되묻는 루카스 백작과 그런 그를 무심하게 응시하는 슐리펜 공작.

"어둠의 힘에 물든 네놈들 따위에게 알려줄 이름은 없다."

"죽어랏! 다크 스피어!"

"가소롭군."

그가 손을 휘젓자 흔적도 없어 사라지는 루카스 백작의 다크 스피어.

"어, 어떻게……."

놀라 입을 벌린 채 같은 말만 되풀이하는 루카스 백작.

"묻겠다. 너에게 흑마법을 전수한 자는?"

"그, 그… 크흐윽!"

말을 하려다 그는 머리를 움켜쥐었다.

"금제가 있는 것인가? 캔슬!"

"크허억!"

그에 그는 힘없이 무릎을 꿇고 말았다 .

"전수한 자는?"

"하, 하우스호퍼 후, 후작. 크으윽!"

"하우스호퍼 후작이라……. 몇 서클이지?"

"7, 7서클! 크아악!"

퍼버버벅!

거기까지였다. 루카스 백작의 머리가 터지며 한 줌의 흑수가 되어 질척함만이 남았다. 한 줌의 흑수가 되어버린 루카스 백작을 보며 슐리펜 공작은 눈살을 찌푸렸다.

"어쩌면 본체의 모든 것을 사용할 날이 올지도 모르겠군."

비록 7서클의 마력이라고는 하나 용언의 힘이 깃든 마법이었다. 그러함에도 루카스 백작의 머리에 심어진 금제를 풀지 못했다. 그렇다는 것은 이미 7서클이 아니라는 것을 의미했다.

"이거 조금 뻘쭘하군. 쫓고 있던 자는 놓치고, 단서가 될

자는 죽고, 단서는 사라지고 말이야. 드래곤 체면이 말이 아니군. 일단 카이론과 의논을 해야겠지. 유일하게 나에게 족쇄로 작용하는 자가 그이니까."

아쉬워하며 주변을 살펴보는 슐리펜 공작이다.

"우와아~"

그때 집무실 밖으로 들려오는 거친 함성. 바로 왕도를 함락한 카테인 왕국군의 함성이었다.

"일단 마무리는 되었군."

약간 안도하는 슐리펜 공작이다.

"크으윽!"

공간이 일그러지며 그곳에서 떨어지는 한 명의 사내. 바로 마샬 국왕이었다. 그의 어깨는 이미 잘려 나간 지 오래였고 피를 많이 흘린 탓인지 얼굴은 창백했다.

"허억! 루카스 백작, 아니, 카알 형님, 이제는 전쟁이오. 절대, 절대 용서치 않을 것이오."

창백해져 쓰러지기 직전임에도 불구하고 그의 분노 가득한 기세는 수그러들지 않았다.

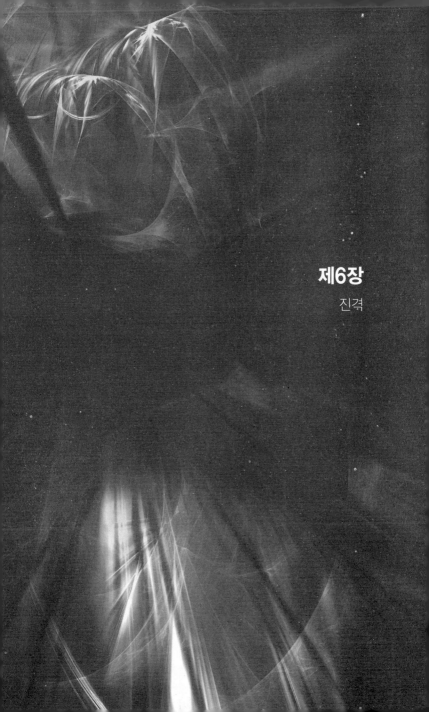

제6장

진격

Warrior

"버텨라!"

"물러서지 마라!"

전후좌우 네 방향을 포위당한 채 전투를 이어가는 카테인 왕국군. 하나 그들의 얼굴에는 두려움이란 존재하지 않았다.

"독한 놈들이로군."

포위당한 2만의 카테인 왕국군을 바라보며 럼스펠드 공작은 인상을 찌푸렸다. 사방으로 둘러싸여 있음에도 불구하고도 전혀 기세가 줄어들지 않고 있었다. 아군이었다면 강군이라며 감탄했겠지만 문제는 그들이 적군이라는 것이다.

끊임없이 몰아침에도 불구하고 카테인 왕국군은 거북 대형을 유지한 채 꿈쩍도 하지 않았다.

"기사단 돌격이 필요하겠군."

"준비하도록 하겠습니다."

럼스펠드 공작의 말에 켐벨 단장이 헬름을 고쳐 쓰고 기사들에게 가려 할 때다.

쿠그그궁!

성문이 열리는 소리가 들려왔다. 카테인 왕국군과 접전을 벌이고 있다고는 하지만 이곳은 전장에서 조금 떨어진 곳. 당연히 성문이 열리는 소리를 듣지 못할 리 없었다. 그에 럼스펠드 공작과 켐벨 단장 모두 탈로스 성으로 시선을 향했다.

그곳에서 일단의 무리가 말을 몰아 나오고 있었다.

"성을 지키는 마즈넬라 백작에게서 따로 언질이 있었나?"

"없었습니다."

"하면 저것은……."

마즈넬라 백작의 역할은 탈로스 성을 굳건하게 지키는 것이다. 그런데 성문이 열렸다는 것은 성안에 어떤 일이 발생했다고밖에 생각할 수 없었다.

"카테인 왕국의 인장기입니다."

켐벨 단장의 말이다. 그와 동시에 럼스펠드 공작 역시 카테인 왕국의 인장기를 볼 수 있었다. 그 순간 그의 얼굴이 딱딱하게 굳었다. 탈로스 성에서 아군이 아닌 적군이 성문을 열고 나왔다는 것은 탈로스 성이 점령당했다는 것을 의미했다.

"사라진 2만으로 탈로스 성을 함락해? 공성 장비도 없이? 도대체 어떻게……."

말도 안 되는 상황이었다. 탈로스 성이 그저 그런 성이었다면 이해할 수 있었다. 하지만 탈로스 성은 그저 그런 성이 아니었다. 수백 년간 몬스터를 막아온 견고한 성이다. 그러한 곳이 공성 장비도 없이 공격한 적에게 함락되었다?

이해할 수 없었다. 하지만 지금은 이해하고 말고 할 시간이 없었다. 당장에 미친 듯이 쇄도해 오는 적군을 맞이해야 했다.

"2만이 안 되어 보이는군."

"그것은……."

럼스펠드 공작의 말에 켐벨 단장이 말을 흐렸다. 2만이 탈로스 성에서 빠져나오지 않았다. 그렇다는 것은 병력이 분산되었다는 것이고, 분산된 병력은 탈로스 성만 공략한 것이 아니라 케르보, 고드프루아, 호타르 성까지 공략했다는 말이 된다.

아마도 수월했을 것이다. 탈로스 성을 제외하고는 대부분이 전군을 몰아 나왔을 터이니까 말이다.

"병력을 돌리게."

"명!"

캠벨 단장이 즉각 반응했다. 하지만 그가 명을 전하기도 전에 하늘을 새까맣게 뒤엎는 화살 세례. 그와 함께 떨어져 내리는 수없이 많은 불덩어리.

"바, 방패 들어!"

"피, 피해라!"

적을 중앙에 가두고 거침없이 공격하던 나파즈 왕국군 측에서 당혹스러운 소리가 울려 퍼졌다. 하나 이미 기세가 올라 카테인 왕국군을 향해 미친 듯이 공격을 퍼붓던 병사들이 단 몇 마디에 공세를 바꾸고 방어 태세로 바꿀 수는 없었다.

명령을 하고 명령을 받아들이는 병사들 사이에서 혼선을 빚는 순간이다.

투다다닥!

"크아아악!"

"꺼어억!"

콰아아앙! 화르르륵!

"마, 마법 공격이다!"

"으아아악!"

나파즈 왕국군은 순식간에 아비규환 상태가 되었다. 질서 정연하게 카테인 왕국군을 몰아붙이던 그들의 대열이 순식간에 무너지면서 비명 소리가 울려 퍼지기 시작했다. 또한 그때

를 같이하여 거북 대형을 유지하고 있던 포위된 카테인 왕국
군이 움직이기 시작했다.

"전진! 전진하라!"

주코프 자작의 명이 떨어지자 2만의 카테인 왕국군이 여전
히 대열을 유지한 채 앞으로 움직이기 시작했다.

"거차앙!"

"궁병! 사격 개시이!"

지금까지 방어에만 전념하던 포위된 카테인 왕국군이 반
격을 개시했다. 순간 럼스펠드 공작은 마치 자신이 포위한 것
이 아니라 포위당한 것 같은 느낌이 들었다. 그리고 그것을
증명이라도 하듯 시간 차이는 있지만 호타르, 케르보, 고드프
루아의 성문이 열리면서 카테인 왕국군을 포위한 자국군의
배후를 공격해 들어오고 있었다.

"허어~"

바람 빠지는 소리를 내뱉는 럼스펠드 공작은 지금의 상황
을 믿을 수가 없었다. 압도적인 전력이었다. 그런데 그 압도
적인 전력이 전혀 소용없게 되었다. 여덟 개의 성 중 네 개의
성은 크란데르 산과 암포스 산의 난데없는 몬스터 웨이브를
방어하고 있다.

그렇다 해도 상관없었다. 어차피 자신들은 방어하는 입장
이고 저들은 공격해야 하는 입장. 지키기만 해도 카테인 왕국

군은 패배할 수밖에 없는 상황이었다. 그런데 완벽하게 상황이 역전되고 있었다.

그때였다.

쉬아아악!

또다시 하늘을 붉게 물들이며 수없이 많은 불덩어리가 쏟아져 내리고 있다.

'마법사, 카테인 왕국에 이리도 많은 마법사가 있었던가?'

정보에 의하면 카테인 왕국의 마법사는 거의 대부분이 삼 왕자에 의해 죽임을 당하거나 회유당한 상태였다 그런데 지금 떨어지는 파이어 볼은 대체 뭐란 말인가?

콰콰가가각!

파이어 볼이 떨어져 내리며 거대한 폭음이 일어났고, 직격당한 병사들과 기사들은 비명을 지르며 죽어갔다.

"꺼어억!"

그들의 그런 죽음 속에서 한 명의 사내가 솟아올랐다. 길고 거대한 사내의 무기가 움직일 때마나 서너 명의 병사가 떼죽음을 당했다.

"저, 저……."

"마, 막아라!"

"놈은 혼자다!"

"공격! 공격하란 말이다!"

기사들과 귀족들이 그 모습을 보고 거칠게 외치기는 했지만 이미 파이어 볼과 수많은 화살 공격에 의해 아비규환이 된 병사들은 좀처럼 공황 상태에서 벗어나지 못했다.

콰아아악!

사내의 언월도에서 폭풍이 몰아쳤다. 비단 그 하나만이 아니었다. 언제 어떻게 빼들었는지 모르지만 그의 주변에는 두 자루의 검이 회전하며 그를 향해 쇄도하는 병사들과 기사들의 공격을 막아내거나 죽음으로 몰아갔다.

"네 이노옴!"

병사들이 감당할 수 있는 수준이 아님을 안 기사 몇 명이 그를 향해 쇄도해 들었다.

슈카각!

하나 거대한 사내가 휘두른 일검에 그를 향해 쇄도하던 몇 명의 기사의 목이 허공에 떠올랐다. 사내는 허공을 날아 멋들어지게 주인을 잃은 말 위에 착지하고 외쳤다.

"나는 카테인 왕국의 제28대 국왕인 카이론 에라크루네스다! 나와 검을 겨룰 자 앞으로 나서라!"

그 외침이 어찌나 대단한지 그의 앞으로 휑한 공간이 생성될 정도였다. 오연하게 홀로 말을 달리며 다가오는 모든 것을 지워 버리는 사내, 바로 카이론 에라크루네스에 의해서 말이다.

"공격! 공격하라!"

"적은 혼자다!"

"저자의 목을 가져오는 자에게 1백 골드를 하사하겠다!"

"흥! 어림없는 소리! 네놈이 카테인 왕국의 국왕이면 나는 제국의 황제이니라!"

믿지 않았다. 아니, 믿을 수 없었다. 누가 있어 일국의 국왕이 홀로 적진 한 가운데에 떨어져 내려 죽음을 감당한단 말인가?

카이론은 그 말을 내뱉은 기사를 바라봤다. 그의 손이 내려졌다. 그에 말안장에 꽂혀 있던 장창 하나가 마치 실에라도 연결된 듯 그의 손으로 빨려들었다.

"그럼 황제를 죽여 보자꾸나!"

쐐에에엑!

장창이 수평으로 날았다. 기사는 자신을 향해 긴 꼬리를 드리우며 유성처럼 날아오는 장창을 보고 기겁하며 마상 장검을 휘둘러 장창을 막아 내려 했다.

콰차장!

"큭!"

그러나 장창은 마상 장검을 단번에 박살 내고 기사의 심장을 꿰뚫어 버렸다. 기사의 신형이 그대로 떠올라 허공을 날았다.

"저, 저……."

기사 한 명의 목숨을 취했음에도 불구하고 창에 맺힌 힘은 결코 약화되지 않았다. 그 기사를 받아 들려 했던 두세 명의 병사까지 한꺼번에 꿰뚫고서야 겨우 멈춰 선 장창이다.

"우습구나! 고작 이 정도였더냐? 고작 이 정도로 아국을 넘봤다는 것이더냐? 고작 이 정도라면 너희들은 이곳에서 죽는다!"

"이노오옴!"

"피닉스 기사단! 돌겨억!"

카이론의 외침에 참지 못한 캠벨 단장이 거칠게 외치며 검을 뽑아 들고 카이론을 향해 달려갔다. 그에 그 뒤를 따라 3백에 이르는 기사들이 치달았다. 거친 숨소리와 말발굽 소리에 전장이 울렸다.

하지만 카이론은 그런 그들을 바라보며 희게 웃었다.

"진정한 공포가 무엇인지 보여주마."

말 등을 박차고 오르는 카이론의 신형. 그 한 번에 그의 신형은 어느새 3백의 기사단의 머리 위에 도달해 있었다. 그는 촌각의 머뭇거림도 없이 언월도를 위에서 아래로 그어 내렸다.

콰아아앙! 콰카가각!

백염의 오러가 3백의 기사단의 정중앙을 일직선으로 갈랐다.

"프, 플라잉 오러!"

켐벨 단장은 화들짝 놀랄 수밖에 없었다. 마스터 위의 마스터라 불리는 그랜드 마스터의 전유물이라 할 수 있는 플라잉 오러. 플라잉 오러를 감당할 수 있는 것은 이 세상에 없다. 설사 드래곤이라 할지라도 감당할 수 없을 것이다.

켐벨 단장이 경악으로 굳어 있을 때 카이론은 3백의 기사가 있는 정중앙으로 뛰어들어 그들을 베고, 찌르고, 잘라냈다. 그의 언월도를 막아낼 수 있는 기사는 없었다. 아무리 마스터에 오른 기사라 할지라도 막을 수 없었다.

오러를 검에 시전해 카이론의 언월도를 막았으나 오러는 물론이고 검과 팔, 그리고 기사의 목까지 통째로 잘려 나갔다. 핏줄기가 사방으로 퍼지고 동료의 피를 뒤집어쓴 기사들이 잠시 움찔했다.

하나 그것은 잠시일 뿐이었다. 동료의 죽음을 본 기사들의 표정은 흉신악살처럼 변해가며 미친 듯이 카이론을 향해 쇄도해 들어갔다.

"죽어라!"

"왕국의 영광을 위하여!"

"사지를 잘라주마!"

그런 기사들을 바라보며 메마른 웃음을 지어 보이는 카이론의 언월도가 다시 수평으로 그어졌다. 아무런 사전 동작도 없이 이어진 그의 단순한 검격. 하지만 그의 검격에는 미증유의 힘이 깃들어 있어 순간적으로 검이 수십 미터나 길어지는 것 같은 착각을 불러일으켰다.

"안 돼!"

켐벨 단장은 목이 터져라 외쳤다. 또다시 펼쳐진 플라잉 오러. 한 번이라면 자신이 잘못 봤을 수도 있다. 하지만 두 번째는 절대 우연이라 할 수 없었다. 그것을 깨닫자마자 목이 터져라 외쳤다.

하지만 이미 늦었다.

스가가각!

미세한 소리가 들려왔다. 카이론을 향해 쇄도하던 수십의 기사가 마치 맞춘 듯이 그대로 굳어버렸다. 약간의 바람이 불어오고 카이론을 중심으로 원이 생겨났다. 반듯하게 허리가 잘려 쓰러져 가는 기사들.

그를 향해 쇄도하던 기사들의 움직임이 우뚝 멈췄다. 전혀 현실 같지 않은 현실. 눈앞에서 벌어졌음에도 불구하고 믿을 수 없었다. 그런 그들의 전신을 향해 죽은 동료의 핏물이 쏟아졌다.

촤아악!

뜨뜻미지근한 핏물의 비릿한 냄새가 후각을 마비시켰다.

"아, 악마 같은 놈!"

한 명의 기사가 불현듯 중얼거렸다. 카이론의 무심한 시선이 그 기사에게로 향했다.

"내가 악마가 되어 전쟁을 멈출 수 있다면 수십 번이라도 악마가 될 것이다."

그의 신형이 서서히 허공으로 떠올랐다. 기사들은 그런 카이론을 바라보고 있을 뿐이다. 얼마나 높게 올라갔을까? 카이론의 신형이 우뚝 멈춰 서더니 그의 언월도가 수직으로 들려 올라갔다.

그의 언월도에서 백색의 빛이 흐르기 시작했다. 그 빛은 흐르고 흘러 그의 언월도 끝에 모여 휘황찬란한 빛을 형성했다. 그리고 그 휘황한 빛이 하늘에 떨어지는 유성처럼 사방으로 떨어져 내렸다.

처음에는 한 점, 다음에는 두 점, 다음에는 네 점, 그렇게 기하급수적으로 늘어난 빛의 구체가 쏜살같이 기사들을 향해 쇄도했으며, 엉겁결에 검과 방패를 들어 막아내는 기사들의 검과 방패를 관통하고 그들의 심장과 이마 정중앙을 뚫고 들어갔다.

그리고 빛이 사라짐과 동시에 정적이 감돌았다. 켐벨 단장은 그 모습을 똑똑하게 보고 있었다. 무어라 외칠 시간도 없었다. 너무나도 창졸지간에 일어난 일에 그조차도 그대로 얼어붙었다.

투두두둑!

기사들이 떨어져 내렸다. 떨어져 내린 기사들에게서는 핏물조차 흘러나오지 않았다. 그 짧은 순간 기사들의 핏물이 증발해 버렸기 때문이다. 카이론의 신형이 다시 말 위에 착지했다.

그에 말은 마치 주인을 영접하듯 걸음을 옮겼다. 카이론을 태운 말이 켐벨 단장의 곁을 스치고 지나갔다. 켐벨 단장은 어떤 반응도 보이지 못했다. 말에서 떨어지지 않았을 뿐 그 역시 이미 절명한 상태였기 때문이다.

카이론을 태운 말이 럼스펠드 공작 앞으로 다가갔다. 그 누구도 그를 막을 수 없었다. 럼스펠드 공작 가문의 자랑이라고 하는 피닉스 기사단은 전멸했다. 그를 호위하는 기사들조차 카이론을 막아낼 수 없었다.

"무, 물러서라."

누군가 힘없이 카이론의 앞을 가로막았다. 카이론의 시선이 그에게로 향했다. 그와 카이론의 시선이 부딪쳤다.

"으으……."

용기를 내 카이론의 앞을 막아서기는 했지만 카이론과 시선이 부딪치는 그 순간 정신이 아득해진 귀족은 이내 뒷걸음질 칠 수밖에 없었다. 그런 귀족을 일견하고 다시 시선을 돌려 럼스펠드 공작을 바라보는 카이론.

"귀공이 럼스펠드 공작인가?"

"…그렇소."

"어찌할 텐가?"

카이론의 질문에 럼스펠드 공작은 주변을 둘러보았다. 전투는 아직 계속 되고 있었다. 지휘부에 홀로 진입한 카이론. 하지만 그를 막아설 수 있는 것은 없었다. 수없이 많은 병력도 뛰어난 마법사도 소용없었다.

단 두 번에 3백에 달하는 기사를 제거해 버린 그를 어찌 감당할 수 있다는 말인가? 마법사? 마법사가 무슨 소용인가? 또한 그 어떤 마법사가 단 두 번에 전원 익스퍼트로 이루어진 기사단을 전멸시킬 수 있을까?

"결정하지 못하겠는가?"

"아직… 우리는 패배하지 않았소."

그랬다. 병력이 압도적이었다. 불의의 일격을 당했다고는 하나 이대로 무너질 수는 없었다. 몬스터 웨이브를 막아내고 그들이 카테인 왕국군의 후미를 들이친다면 분명 승산이 있었다. 물론 시기가 문제이겠지만 말이다.

그때였다.

"우와아아!"

또다시 거센 함성이 들려오기 시작했다. 럼스펠드 공작의 시선이 함성이 들려오는 쪽으로 돌아갔다. 그리고 그의 표정이 일그러질 대로 일그러졌다.

그의 시선이 향한 곳에 한 명의 사내가 서 있다. 카테인 왕국군의 인장기와 함께 검은 바탕에 흰색으로 바람을 형상화한 깃발도 보인다.

"와하하! 바람의 별인 나 키튼 알카트라즈가 왔다!"

양손검인 쯔바이한더를 오른손에 들고 그 스스로 카테인 왕국군의 인장기를 왼손에 든 채 무인지경으로 일직선으로 내달리는 키튼. 그의 뒤로 다시 1만의 병력이 나파즈 왕국군을 쥐 잡듯이 잡고 있었다.

"이제 도착했나 보군."

카이론이 나직하게 입을 열었다. 그에 멍하게 입을 벌린 럼스팰드 공작이 부지불식간에 입을 열었다.

"저들… 역시 할키온 산을 넘은 것인가?"

"불가능하다 해서 도전하지 않았을 뿐, 한 번 불가능을 뛰어넘으면 그것은 불가능이 아니지."

"그런… 것인가?"

카이론의 말에 침음성을 삼킨 럼스팰드 공작은 한동안 말없이 전장을 바라보고 있었다. 전장은 급격하게 흔들리고 있었다. 압도적인 병력이라 하나 대등한 전투를 이어오고 있던 차다. 그런데 또다시 카테인 왕국군이 몰아쳐 오자 이제 전세는 급격하게 기울고 있었다.

척!

럼스팰드 공작이 인장기를 잡았다.

"공작 각하!"

인장기를 들고 있던 기사가 먹먹한 목소리로 입을 열었다. 그런 그를 잠시 바라보던 럼스팰드 공작은 고개를 저었다. 그에 인장기를 꽉 잡고 있던 기사의 손에 힘이 풀렸다. 인장기를 건네받은 럼스팰드 공작이 인장기를 카이론의 발치 아래 던지며 말했다.

"항복하겠소."

그에 카이론이 손을 펼쳤다. 바닥에 떨어진 나파즈 왕국의 인장기가 내밀어진 카이론의 손안으로 빨려들었다. 그리고 외쳤다.

"항복하라! 항복하면 살 것이다!"

그의 외침에 나파즈 왕국군의 사기는 급격히 떨어졌고, 반대로 카테인 왕국군의 사기는 급격하게 치솟아 올랐다.

"항복하라! 항복하면 살 것이다!"

카테인 왕국군은 한껏 기세를 올리며 나파즈 왕국을 몰아세웠다. 이미 자국의 인장기가 적장에게 넘어간 상황이다. 이는 자신을 이끄는 사령관 역시 적장에게 사로잡히거나 죽었다는 것. 그에 하나둘 무기를 버리고 무릎을 꿇는 병사의 수가 늘어났다.

"항복하지 마라! 끝까지 싸워라!"

"무기를 버리면 내 검이 용서치 않을 것이다! 컥!"

병사들을 위협하던 귀족의 목이 허공으로 솟구쳤다.

"이놈의 시키가 뚫린 입이라고."

가볍게 귀족의 목을 베어버린 자, 바로 키튼이었다. 그에 병사들은 급급하게 무기를 버리고 항복했다.

"아따 그 양반, 그새 일을 끝냈구만. 할 것도 없네."

짐짓 투덜거리는 키튼의 얼굴엔 피곤함이 묻어 있었다. 카테인 왕국의 관문 성인 악슘 성으로 몰려드는 나파즈 왕국군을 고착시키고 후속군이 도착하자마자 병력을 몰아 할키온 산을 넘었다.

하지만 한 번 넘었다고 해도 할키온 산은 할키온 산. 피해 없이 산을 넘었음에도 불구하고 상당한 피로함을 가중시켰다. 거기에 곧바로 전투에 합류했으니 힘들지 않다고 하면 거짓말이다.

하나 키튼과 함께 할키온 산을 넘은 자들은 알카트라즈에서부터 함께한 예니체리들. 그들은 결코 피곤하다 해서, 힘들다 해서 자신이 맡은 바 임무를 회피하는 법은 없었다. 그들은 바로 예니체리니까.

* * *

"럼스펠드 공작과 워싱턴 후작이 실패했사옵니다."

"실패? 그게 말이 되는 소린가?"

"또한 카테인 왕국을 양분하여 북쪽을 점령했던 마샬 삼왕자께서 실종되셨다 하옵니다."

"허어, 결국……."

나파즈 국왕은 헛바람을 일으켰지만 그의 표정은 어느 정도 예상하고 있었다는 듯 담담하기 그지없었다. 그 냉정한 모습에 하우스호퍼 후작은 깊숙이 허리를 숙이는 와중에도 눈을 가늘게 하여 빛을 냈다.

"어찌하옵니까?"

"내부를 등한시하고 전쟁을 강행할 수는 없겠지."

"하면……."

"죽음의 장막 쪽으로 보낸 병력 중 3분의 1을 북으로, 3분의 1을 남으로 보내도록 하라."

"명을 받드옵니다."

하우스호퍼 후작이 예를 취하며 뒷걸음질로 물러났다. 잠시 그런 그의 모습을 지켜보던 나파즈 국왕이 자리에서 일어났다. 한쪽 벽면을 통째로 차지하고 있는 창문을 통해 찬란한 태양빛이 스며들고 있었다.

나파즈 국왕은 창문 곁으로 다가가 두꺼운 커튼을 좌우로 펼쳤다. 가늘게 들어오던 태양빛이 한꺼번에 쏟아져 들어왔다. 나파즈 국왕은 태양빛을 피할 생각도 하지 않고 정면으로 받아들였다.

그리고 크게 숨을 들이쉬었다. 밝은 태양 아래에서 보는 나파즈 국왕의 눈동자는 회색에 오른쪽 뺨에는 굵은 검상이 있었으며 탁하고 치렁한 회색의 머리카락을 지니고 있었다. 그는 얼굴 근육을 꿈틀거렸다.

미묘하게 일그러지는 입매. 그는 잠시 떠오르고 있는 태양을 직시한 후 바로 몸을 돌려 자신의 옥좌의 귀퉁이를 만졌다. 그에 기괴한 소리를 내며 옥좌가 밀려 나며 밑으로 내려가는 비밀 통로가 모습을 드러냈다.

거침없이 비밀 통로로 걸음을 옮긴 나파즈 국왕. 길고 어둑한 통로의 계단을 한참 동안 밟아 내려간 그는 마침내 사방으로 불이 밝혀진 거대한 동공에 도달할 수 있었다. 그곳에는 한 명의 사내가 그를 기다리고 있었다.

"돌아왔는가, 나의 아들이여?"

"대 나파즈 왕국의 삼왕자 앤드루 로스차일드 마샬 폰 나파시안이 만천하의 주인이시고 만백성의 어버이이신 도미니크 카이산 세리우도네스 마샬 폰 나파시안 국왕 폐하를 뵙사옵니다."

창백한 얼굴과 한쪽 팔이 잘려 나간 삼왕자가 나파즈 국왕에게 읍했다.

"다쳤구나."

무심한 듯 입을 여는 나파즈 국왕. 몸을 굽히고 머리를 조아린 후 다시 펼 생각이 없다는 듯 그 자세 그대로 입을 여는 삼왕자.

"소신의 실력이 미천하여……."

소신이라 했다. 아버지와 아들이 아닌 국왕과 신하의 관계였다. 그런 삼왕자의 헐렁한 팔과 가늘게 떨고 있는 등을 바라보며 나파즈 국왕이 싸늘하게 입을 열었다.

"준비하라던 것은 어찌 되었느냐?"

"완성되었사옵니다."

"보나꾸나."

나파즈 국왕의 억양 없는 목소리에도 불구하고 삼왕자는 어깨를 가늘게 떨며 조금은 다행이라는 표정으로 나직하게 무어라 웅얼거렸다.

그리고 마침내,

"소환!"

아무것도 없는 공간에서 검회색이 소용돌이치기 시작했고, 그 소용돌이가 멈췄을 때는 두 명이 존재하기에는 터무니없이 거대하던 공동이 일단의 무리로 가득 차 있었다.

"데쓰 나이트 한 명과 듀라한 3백이라……."

나파즈 국왕은 자신의 눈앞에 모습을 드러낸 그들을 감탄스럽다는 듯이 바라봤다. 그의 표정은 지극히 만족스러운 표정임에 분명했다. 깊숙하게 허리를 접고 있던 삼왕자는 슬쩍 고개를 들어 나파즈 국왕의 안색을 살폈다.

　하나 들킬세라 바로 고개를 숙이며 그대로 굳어졌다. 그런 삼왕자를 날카롭게 쳐다보는 나파즈 국왕.

　"수고했구나."

　"감읍하옵니다."

　"보아하니 경지 또한 많이 오른 모양이로구나."

　나파즈 국왕의 말에 삼왕자는 깜짝 놀라 몸을 움츠렸다. 최대한 자신의 상태를 감추려고 했음에도 불구하고 나파즈 국왕은 단 한 번에 자신이 도달한 경지를 읽어냈다.

　"모든 것이 국왕 폐하의 성은 덕분이옵니다."

　"그래, 그렇구나."

　그 말로 끝이었다. 미묘한 정적이 공동을 감싸고 돌았다.

　"꿀꺽!"

　그에 마샬 삼왕자는 자신도 모르게 마른침을 삼켰다. 마치 무언가 일어날 것만 같은 감각이 전신을 휘감고 돌아 손바닥에 땀이 흥건할 정도의 긴장감이 들었다.

　'뭐지? 대체 무엇이 나를 이토록 긴장하게 만드는 것인가?'

알 수 없었다. 슬쩍 나파즈 국왕을 바라보니 평온한 모습으로 자신이 만든 데쓰 나이트와 듀라한을 꼼꼼하게 살펴보고 있었다.

"이들의 전력은 어떠한가?"

"데쓰 나이트는 이미 마스터에 오른 자로서 원념이 사무쳐 골수에 미쳤음에 가장 적절한 재료라 할 수 있사옵니다."

"흐음. 들은 적 있다. 특별하게 조련하는 이가 있다고 말이다."

"그러하옵니다. 현 카테인 왕국의 국왕인 카이론 에라크루네스 못지않은 무력을 지녔다 할 수 있사옵니다."

"크르르르륵!"

마샬 삼왕자의 입에서 카이론 에라크루네스라는 이름이 튀어나오자 나직하게 으르렁거리는 데쓰 나이트. 그와 함께 눈에서는 검청색의 새파란 안광이 폭사되었다.

"흘흘, 그렇구나. 훌륭하구나. 아주 훌륭해."

"서, 성은이 망극하옵니다."

허리를 굽히는 마샬 삼왕자. 이것은 도무지 왕자와 국왕의 대화나 행동이 아니었다. 마치 사자와 생쥐와 같은 모습이지 않는가?

"한데……"

"하명하시옵소서."

"카테인 왕국의 일을 그르쳤더구나."

"부, 불가항력인 일로……."

"그래그래, 많이 컸구나. 감히 짐의 안전에서 변명을 내뱉으려 하다니 말이다."

"그……."

마샬 삼왕자를 바라보는 나파즈 국왕의 눈초리가 날카로워지며 표정이 싸늘하게 굳었다. 마치 무언가 마음의 결정을 했다는 듯이 말이다. 그 기세를 느꼈음인지 삼왕자는 몸을 잘게 떨며 조금씩 뒷걸음질 쳤다.

"어디를 가려 하느냐. 짐이 무섭더냐?"

나파즈 국왕의 물음에 억지로 허리를 펴는 삼왕자의 눈동자에 두려움이 가득했다.

"무섭사옵니다. 하, 하나 그냥… 그냥 당하지는 않을 것이옵니다."

"흘흘, 그렇구나. 너는 짐을 무서워하고 있구나. 그런데 말이다. 짐이 무서웠으면 실패를 하지 말았어야지. 비루하고 천한 노예 년의 자식임에도 너의 능력을 높이 사 중용했거늘 짐의 원대한 계획을 네놈이 모두 망쳤구나."

싸늘하게 분노하는 나파즈 국왕.

"하, 하나 데쓰 나이트와 듀라한은……."

"흘흘, 그건 당연한 것 아니더냐. 해야 할 당연한 임무를 완수했음에도 불구하고 그것을 생색내려 하느냐? 나약한 놈."

"하, 하오나······."

나파즈 국왕과 대화를 하면서도 마샬 삼왕자는 연신 눈동자를 돌리며 사방을 살폈다. 그런 삼왕자를 보며 나직하고 음울하게 웃음 짓는 나파즈 국왕이다.

"어디에도 갈 곳은 없다. 이곳으로 들어오는 것은 가능하지만 나갈 수는 없지."

"저를··· 죽이시려는 것입니까?"

"왜, 싫으냐? 위대한 짐의 제국을 건설하여 그 초석을 다지는 데 일조하는 크나큰 영광이거늘 말이다."

"여, 영광이란 살아 있을 때에야 영광이지 않겠사옵니까?"

"살고 싶은 게냐?"

"인간이라면 당연히 살아서 영광을 누리고 싶지 않겠사옵니까?"

"많이 당당해졌구나. 내 앞에서 고개를 뻣뻣하게 들고 꼬박꼬박 말대꾸를 하다니······."

"과거의 내가 아니잖사옵니까!"

"그래? 그렇구나. 확실히 아깝기는 하구나. 하지만 어찌하겠느냐."

"이익! 공격하라!"

누구를 향해 외치는 것일까? 그 누구도 움직이지 않았다. 심지어 그 스스로의 손으로 만들어낸 데쓰 나이트와 듀라한 조차도 움직이지 않았다.

"이, 이게……."

눈에 띄게 당황하는 삼왕자. 그런 삼왕자를 보며 희게 웃는 나파즈의 국왕.

"흘흘, 너에게 힘을 준 것이 누구이더냐? 짐이 아니더냐? 주었던 힘을 회수하는 것뿐이다. 돌아오라!"

근엄하고 범접할 수 없는 음성이 공동을 가득 메웠다.

"끄으~ 끄아아악!"

나파즈 국왕의 외침에 불현듯 머리를 부여잡고 괴로워하는 마샬 삼왕자. 삼왕자의 눈에서는 검은 액체가 줄줄 흘러나오고 입에서는 검은 연기가 뭉클뭉클 솟아나와 그를 가리키고 있는 나파즈 국왕의 손가락으로 흡수되었다.

"아, 안 돼에에~ 끄아악!"

몸부림치는 삼왕자이나 그런 삼왕자의 몸부림은 그저 나약한 자의 살기 위한 발악일 뿐이었다. 삼왕자의 전신이 서서히 말라가기 시작했다. 피골이 상접한 얼굴, 창백하고 푸석해진 얼굴, 움푹 들어간 눈과 쉴 새 없이 흔들리는 동공.

"저… 주… 한다."

"저주? 저주라……. 흘흘, 좋구나. 진즉에 그런 정신이었다면 결코 실패할 리 없었을 것을."

삼왕자의 저주스러운 음성에 오히려 기껍다는 듯 웃어 보이는 나파즈 국왕이다.

"이제 그만 가거라."

"끄아아악!"

허공으로 떠오른 삼왕자. 거세고 탁한 비명 소리가 들려왔고, 그의 정수리로부터 인간의 형상을 한 검은색 연기가 뽑혀져 나오는 것 같은 형상이 되었다. 뽑혀져 나오지 않기 위해 발악하는 듯한 모습이지만 나파즈 국왕의 강력한 힘에 끌려나와 펼쳐진 나파즈 국왕의 검지 끝으로 빨려들어 갔다.

투우욱!

그에 삼왕자가 걸치고 있던 칙칙한 흑의 로브가 힘없이 떨어져 내렸다.

"고생했다. 너의 이름은 제국으로 성장할 나파즈의 역사에 기록될 것이다."

따악!

그러면서 손가락을 튕기는 나파즈의 국왕.

번쩍!

그에 석상처럼 침묵하고 있던 데쓰 나이트와 듀라한의 눈동자에 붉은 빛이 도드라졌다.

"후우우우~ 마스터를 뵙습니다."

공동 전체를 울리는 음울한 목소리가 들려왔다. 중구난방으로 흩어져 있던 듀라한이 그 목소리에 반응하여 데쓰 나이트의 뒤로 도열했다.

"환영한다, 나의 권속들아."

"추우웅!"

공동이 쩍쩍 갈라질 정도의 외침이 터져 나왔다. 갈라진 균열 속에서 흙먼지가 쏟아져 내릴 정도로 강력한 외침이었다. 하지만 그 어떤 것도 3백의 듀라한과 데쓰 나이트, 그리고 나파즈 국왕의 근처에는 도달하지 못했다.

둥근 막이 생겨 그 모든 것을 차단하고 튕겨낸 탓이다. 그들을 바라보는 나파즈 국왕의 얼굴에는 흡족하다 못해 사이한 미소가 떠올랐다.

"므하하핫! 되었구나, 되었어!"

나파즈 국왕은 고개를 쳐들고 어깨를 들썩이며 웃었다. 그 웃음에 넓은 공동이 다시 진저리를 쳤다.

"있느냐!"

그러다 갑자기 외치는 나파즈의 국왕.

"부르셨사옵니까?"

예의 하우스호퍼 후작이 모습을 드러냈다. 그는 나파즈의 국왕의 충실한 신하.

"남부와 죽음의 장막을 지키기만 하라. 북을 향해 짐이 직접 친정하겠노라."

"명을 받사옵니다."

자신이 내린 명령을 번복하는 나파즈 국왕. 일국을 다스리는 국왕으로서 절대 하지 말아야 할 행태였으나 나파즈 국왕은 번복하는 것 쯤은 별일 아니라는 듯이 명을 내렸고, 하우스호퍼 후작 역시 그러했다.

나파즈 국왕이 공동에서 걸음을 옮겼다. 그의 뒤를 데쓰 나이트와 3백의 듀라한이 따랐다. 그 모습은 실로 오싹하여 보는 이로 하여금 절로 오금이 저리게 할 정도였다. 그가 비밀 공간을 벗어나 집무실로 나오자 그곳에는 나파즈 왕국의 근위기사단장이자 국방부 대신 게오르그 마체아테 후작이 대기하고 있었다.

"기다리고 있었나?"

"그렇사옵니다."

"준비는?"

"진행 중이옵니다."

"기사단은?"

"이미 준비되었사옵니다."

"이번 전쟁에서 기사단과 짐은 따로 움직인다."

"명을 받드옵니다."

허리를 꺾으며 깊숙하게 예를 올리는 마체아테 후작.

"하고……."

"따로 하명하실 일이라도……."

"벽은 넘었는가?"

"폐하의 성은에 힘입어 넘을 수 있었사옵니다."

"그런가?"

나파즈 국왕이 신형을 돌려 마체아테 후작의 눈을 바라봤다. 그에 파란색이던 마체아테 후작의 눈동자가 점점 사라지고 동공과 함께 검게 물들어가기 시작했다. 그 모습을 응시하며 고개를 끄덕이는 나파즈의 국왕이다.

"되었군. 준비되는 대로 출군한다."

"추웅!"

*   *   *

[나파즈 왕국의 동태가 심상치 않습니다.]

"어떻게 말인가?"

[전력을 국왕 전하께서 계시는 북으로 돌렸습니다.]

카이론은 지금 마법 영상으로 슐리펜 공작과 대화를 하고 있었다. 영상을 통한 대화이기는 하지만 슐리펜 공작은 상당히 딱딱한 얼굴을 하고 있었다.

"어쩌면 당연한 수순일지도. 단 한 번에 모든 것을 결정짓기에는 그것이 가장 **빠른** 방법일 수 있겠군."

[중요한 것은 그것이 아닙니다.]

"무언가?"

[어둠 역시 함께 움직인다는 것입니다.]

"그것은 이미 알고 있는 일이지 않는가?"

이미 짐작하고 있다는 듯이 답하자 슐리펜 공작은 그것이 아니라는 듯 고개를 저으며 입을 열었다.

[일전에 왕도를 점령하면서 소신은 거대한 흑마력이 움직이는 것을 감지했습니다.]

"막지 못했던가?"

[한계가 있음을 알고 있지 않습니까?]

"한계를 넘어섰다는 말인가?"

[그렇습니다.]

슐리펜 공작의 말에 카이론은 잠시 생각에 잠겨 있다 다시 입을 열었다.

"봉인을 해제하게."

[…그 말씀, 진정이십니까?]

"7서클 마스터인 현재 상태로 그들의 종적을 발견하기가 쉽지 않다는 것은 그들 중 몇 명은 이미 7서클을 넘어선 것으로 판단해야 하지 않나?"

[물론 그렇습니다. 같은 7서클이라 할지라도 어둠에 특화

된 그들이 종적을 감추고자 한다면 결코 쉽지 않을 일. 하물며 8서클이라면 지극히 어렵습니다.]

"그러하니 풀어야겠지."

[결심을 하신 겁니까?]

"이미 정해진 수순임을 깨달았고 필요성을 인지한 것이지. 나 혼자 그들을 모두 막아낼 수 없으며 총력을 기울여야 함을 말이지."

[생각보다 솔직하게 현실을 받아들이시는군요.]

"생각해 보니까 곁에 지상 최강의 존재를 두고서도 너무 썩히는 것 같아서 말이지."

그에 쓴웃음을 짓는 슐리펜 공작이다. 마치 드래곤을 자신의 호위쯤으로 여기는 카이론의 말 때문이다.

'하지만 인정하지 않을 수 없지. 지상의 최강의 존재라 불리는 나라 할지라도 솔직히 감당할 수 없는 상대라는 것을 말이야.'

인정했다. 그래서 그가 자신의 봉인을 해제하지 않는 것을 받아들였다. 또한 '감히'라는 말을 사용하지 않고 그의 말에 따랐다. 사실 슐리펜 공작 역시 인간 세계의 일은 인간의 힘으로 해결하는 것이 맞다고 생각했다.

그래서 조용히 그의 말에 따른 것이다. 8서클도 마찬가지였다. 인간이 오를 수 있는 가장 궁극적인 서클이 바로 8서클이다. 흑마법사가 8서클에 도달했으니 백마법사 역시 8서클에 도달하는 것이 맞았다.

세상은 언제나 정, 반, 합으로 돌아간다. 정(正)이 있으면 반(反)이 있고, 다시 합(合)을 이룬 후 그 합이 정이 되든 반이 되든 상관없이 다시 그에 반하는 것이 생성되어 다시 합을 이룬다. 그래서 세상은 발전하는 것이다.

카이론이 선심 쓰듯 8서클의 봉인을 해제하라고 했지만 어찌 보면 당연한 귀결이라고 할 수 있었다.

[하면 다섯 개의 별은 어찌합니까?]

"방어 병력만 두고 모두 이곳으로 돌려야겠지."

[쉽지 않은 일이로군요.]

"이제는 8서클이지 않나? 내 알기로 8서클이면 대규모 텔레포트와 함께 어느 정도 언령을 사용할 수 있다고 알고 있는데 말이지."

[훗! 도무지 엄살을 부릴 수가 없군요.]

"엄살 부리라고 공작의 작위를 준 것은 아니니까."

[참 마음에 드는 말씀입니다만 어째 조금 제가 손해 보는 것 같습니다.]

"오랜 세월 살아왔을 터인데 잠깐 손해 좀 보는 것이 무슨 대수라고."

[이런. 말로는 전하를 당해낼 수 없을 것 같습니다. 바로 준

비하도록 하겠습니다.]

"그래준다면야 고마운 일이지."

통신이 끝났다. 카이론은 덩그러니 남은 통신 수정구를 바라보았다. 그때 키튼이 물었다.

"그가 누구요?"

"대충 짐작하지 않았나? 그 짐작이 맞아."

"그럼 부탁해서 싹 쓸어달라고 하지 왜 이렇게 어려운 길을 가려고."

"인간의 일은 인간의 선에서 해결해야지 자꾸 손 벌리다 보면 버릇돼."

"그놈의 버릇 찾다 다 망하겠수."

"망하기는, 이렇게 버티고 있고 또 몰아붙이고 있잖나?'"

"그야 형님 전하가 있어서 그런 것 아니우?'"

"세상사란 것이 다 그렇다. 어려워지면 영웅이 모습을 드러내고, 반드시 살아날 구멍을 만들어준다. 물론 준비하고 있지 않다면 허황된 동화가 되겠지만 말이다."

"큭. 형님 전하가 영웅이라는 거유? 얼굴에 금칠을 해도."

"영웅이면 어떻고 아니면 어떻더냐. 나에게 있어선 저 막사 밖의 병사들조차도 영웅이다."

카이론의 낯간지러운 말에 잠시 멈칫한 키튼이다. 가볍게 한 말이었으나 카이론은 진지했다.

"거참, 웃자고 하는 말에 죽자고 달려드는구만."

"요즘 많이 쉬었지?"

그러면서 언월도를 들고 일어서는 카이론에 키튼의 얼굴이 시꺼메졌다.

"쉬, 쉬긴 무슨……."

"넌 좀 더 강해져야 해."

"이, 이 정도면 웬만해선 안 맞고 다닐 것 같수만."

"맞고 다니라고 내가 널 가르치겠냐. 이제는 좀 패고 다녀야지."

"그, 그거 좀 미루면 안 되겠수?"

"나를 한 대라도 칠 수 있다면."

카이론의 말에 썩어들어 가는 키튼의 얼굴이다.

'신이시여, 어찌 이런 괴물을 저에게 보내 저의 삶을 이리도 팍팍하게 만드십니까?'

속으로 신을 욕해봤지만 그런 그의 타박을 받아줄 신은 없었다.

"안 오나?"

막사의 출입구를 열고 나가는 카이론의 목소리가 들려왔다.

"젠장맞을! 가요! 갑니다!"

투덜거리며 쯔바이한더를 들고 일어서는 키튼을 뒤로하고

카이론은 막사를 나섰다.

'조금 더 강해져야 한다. 마계의 마족이 튀어나와도 견뎌낼 수 있을 정도로 말이다.'

연무장으로 향하는 카이론의 모습은 쓸쓸하기 그지없었다. 그리고 그날 연무장에서는 그저 듣기만 해도 오금이 절로 저려오는 비명 소리가 종일 들려왔다. 목이 쉴 만도 하건만 밤이 늦도록 그 비명 소리는 전혀 줄어들 기미가 보이지 않았다.

제7장

결전

Warrior

"이건 또 뭔 수작인지……."

키튼은 활짝 열려 있는 성문을 바라보며 황당하다는 듯이
입을 열었다. 말 그대로 자신들을 막아야 하는 성문이 활짝
열려 있었다. 마치 환영한다는 듯이 말이다.

"어떻게 생각하나?"

"뭔가가 있지 않겠습니까?"

카이론의 물음에 웰링턴 백작 역시 잠시 생각하더니 뭔가
가 있을 것이라는 답을 내놓았다. 그리고 그 답을 내놓기가
무섭게 열린 성문에서 한 명의 기사가 득달같이 말을 몰고 나

왔다.

기사의 등 뒤에는 백기가 걸려 있었다.

"항복은 아니겠지?"

"아마도 사신이나 전령이지 않을까 합니다."

"그런가? 그러면 기다리지. 할 말 있다는데 패는 것도 그러니까."

카이론의 과격한 단어 선택에 어색한 웃음을 짓는 웰링턴 백작이다. 카이론과 키튼은 그런 웰링턴 백작은 쳐다보지도 않은 채 자신들을 향해 달려오는 기사를 바라보았다.

"서라!"

기사의 외침에 병사들이 긴 장창을 꼬나 쥐고 달려오는 기사를 경계했다. 그에 기사는 말을 멈추며 입을 열었다.

"델라인 성의 기사단장으로 있는 앤드류 시바 남작이다. 대 나파즈 왕국의 위대하시고 하늘 아래 가장 존귀하신……."

"새끼야! 말 늘이지 말고 용건이나 말해!"

어느새 키튼이 앞으로 나서고 있었다.

"감히 네놈은 누구인데……."

"지랄을 해라, 새끼야. 전령으로 왔으면 전령 역할이나 해. 니네들 국왕 어쩌구저쩌구 늘어놓지 말고."

키튼의 목소리가 날카로워졌다. 기분이 나쁜 탓이다. 전령은 전령일 뿐 그 이상도 이하도 아니다. 전령으로 와서 굳이 자국의 국왕을 선전할 필요는 없었다. 더군다나 지금은 서로 전쟁을 치르고 있는 상황이다.

"그리고 전령이라고 해서 그렇게 상대를 자극하는 말을 해도 결코 죽지 않으리란 법이 없다는 것을 명심하고 전달할 말이나 해라. 죽기 전에."

나직하게 으르렁거리는 키튼. 그에 시바 남작은 자신도 모르게 마른침을 삼켰다. 풀 플레이트 메일로 중무장을 하고 있음에도 불구하고 그것을 뚫고 들어오며 전신의 피부를 따끔하게 찌르는 이것은 분명 살기였다.

그것도 보통의 살기가 아니라 일 검에 자신의 목을 베어버릴 정도의 날카롭게 벼려진 검 중의 검이다. 기세 좋게 달려나왔으나 자신보다 더한 포식자 앞에서 꼬리를 말고야 마는 그다.

키튼이 시바 남작의 앞으로 말을 몰아가자 시바 남작이 주춤했다. 그에 헬름에 가려진 내부에 어색한 표정이 드러났다. 말 몇 마디에 자신이 주춤거린다는 것이 마음에 들지 않는다는 듯이 말이다.

"할 말은?"

"서… 신이다!"

"주고 가."

몇 마디 하지 않았다. 하지만 이미 시바 남작은 자신의 앞마당임에도 불구하고 완벽하게 지고 들어가고 있었다. 키튼은 시바 남작이 주춤거리며 건네준 서신을 들고 말머리를 돌려 본진으로 돌아갔다.

그런 키튼과 함께 기사들과 병사들은 검과 창을 거두기는 했지만 여전히 경계하는 모습이었다. 그에 시바 남작은 엉거주춤 서 있을 뿐이다. 어쨌든 기사단장이기는 하나 서신을 전하는 전령으로 왔으니 답은 득하고 되돌아가야 했다.

그러면서도 시바 남작의 시선은 연신 주욱 늘어선 카테인 왕국군을 훑었다. 사지일지도 모를 적의 땅을 밟고 있으면서도 전혀 흐트러짐이 없고 오히려 두 눈에는 형형한 빛까지 떠올라 있다.

'강군이로군.'

감탄하고 부러워할 정도의 강군이었다. 기사의 눈에 긴장의 빛이 스쳐 지나갔다. 그러거나 말거나 키튼은 받아 든 서신을 카이론에게 전달했다. 서신을 받은 카이론은 서신의 봉인을 뜯어내고 내용물을 펼쳤다.

상당히 고급스러웠다. 일개 성주가 사용할 서신이 아님은 분명했다. 꽤나 장문인지 한참을 읽어 내린 카이론은 서신을 웰링턴 백작에게 건넸다. 웰링턴 백작 역시 말없이 받아 든 서신을 읽고는 키튼에게 넘겼다.

하나 서신을 받아 든 키튼은 눈살을 찌푸리며 카이론을 향해 시선을 두었다.

"뭐라는 거유?"

"읽어봐."

"아시잖소, 글 읽기 싫어하는 거. 그리고 이건 솔직히 너무 길단 말이오."

"나도 읽었다."

"한 사람만 고통 받읍시다."

키튼의 말에 눈살을 찌푸리며 그를 바라보는 카이론. 그에 웰링턴 백작은 가볍게 한숨을 내쉬며 고개를 저었다. 도대체 이 두 사람은 긴장하는 법이 없었다.

"결론적으로 투스톤 평원에서 기다릴 터이니 국운을 걸고 대회전을 가지자는 말입니다."

"쳇! 그 말 하자고 몇 장이나 되는 서신을 쓰다니 돈이 남아도는 모양이구만."

"가서 알았다고 전하기나 해."

"정말 이 서신을 믿수?"

"안 믿을 이유가 있나?"

"내가 보기에 나파즈의 국왕이라는 놈, 음험하기 그지없던데 말이우. 투스톤이 어떤 곳인지 모르지만 지형적인 우세와 병력적인 우세를 가지고 우릴 가지고 놀 생각인 것 같은데 말이우."

"초대했는데 예의상 가지 않을 수 없지."

카이론의 말에 이 양반이 언제부터 예의를 중시했다고 하는 표정으로 따지듯 물었다.

"병력도 적고 지형적으로 밀리는데 왜 그러는 거유? 생각이나 들어봅시다."

"기회니까."

"기회?"

"이 지긋지긋한 전쟁을 끝낼 수 있는 기회니까."

잠시 카이론의 눈을 바라본 키튼은 그제야 깨달았다. 애초에 카이론은 이 전쟁에서 패배한다는 생각 자체가 없었다. 아니, 오히려 저들이 지형과 병력적인 우세를 내세워 전쟁을 장기전으로 끌까 근심하고 있을 뿐이다.

그러던 차에 제안이 들어온 것이다. 전쟁을 길게 끌 것 없으니 단번에 승부를 보자는 나파즈 국왕의 서신이 그것이다. 원래 이런 경우 정식으로 사신을 보내 이런저런 격식을 차린 후 회동 일자를 정하는 등의 일로 며칠간의 시간이 훌쩍 지나가는 것이 다반사이다.

그런데 달랑 기사 한 명을 보내 서신을 전하는 것을 보면 나파즈의 국왕은 현 상황이 그리 마음에 들지 않은 모양이다. 어찌 되었건 자신이 먼저 카테인 왕국의 영토에 발을 디뎌야 하건만 오히려 역으로 당하고 그것으로도 모자라 남과 북의 몇 개 성이 함락당했다.

그래서 의도적으로 무시하고 있는 것이다. 마치 일개 귀족 나부랭이 정도로 말이다. 그것을 깨달은 키튼은 스산하게 웃음 지었다.

"이 새끼들, 피똥 한번 싸봐야 무서움을 알겠수."

"제대로 싸지르게 만들어야지."

"으허허, 그것 참 듣기 좋은 말이우. 하면 다 오라고 해야겠수."

"방어 병력만 두고 모두."

"크흐흐, 알겠수. 오랜만에 뻑적지근하게 한바탕 할 수 있겠구만."

둘의 대화는 참으로 저급했다. 시정잡배와 같은 둘의 대화에 웰링턴 백작의 그저 고개만 작게 저을 뿐이다. 어디를 봐도 일국의 국왕이나 왕국을 좌지우지하는 백작이라는 생각은 전혀 들지 않았다.

그러한 생각을 가진 웰링턴 백작이 무언가 말하려는 순간 키튼은 말을 몰아 전령으로 온 기사에게 달려가고 있었다. 저러다 무슨 사고라도 일으키지 않을까 하는 걱정이 앞서는 웰링턴 백작이다.

"아직도 키튼을 제대로 파악하지 못했군."

"예?"

"그의 행동과 말은 지극히 가볍지. 하지만 그 가벼움 속에는 언제나 노림수가 번뜩이지. 그게 키튼 알카트라즈 백작의 장점이다."

"그… 알겠습니다."

어차피 카이론이나 키튼은 웰링턴 백작의 머리로 재단할 수 없는 존재라 할 수 있었다. 애초에 그 둘의 존재는 경외의 것이었다. 그러는 동안 키튼이 무슨 말을 했는지 헬름을 벗고 있던 시바 남작은 얼굴이 시뻘게진 채 말을 거칠게 몰아 성으로 돌아가고 있었다.

"키튼이 한소리 한 모양이군. 어쨌든 가지."

"알겠습니다."

그렇게 카이론이 이끄는 5만의 병력이 움직였다. 일주일 후 맥그로우 공작이 이끄는 5만의 병력이 추가로 합류했다. 도합 10만. 조금씩 이동하는 속도가 느려졌다. 그렇게 이십여 일을 이동한 후 마침내 카이론은 투스톤 평원이라 알려진 곳을 멀리서 바라볼 수 있었다.

"슐리펜 공작이 먼저 와 있는 모양이군."

"투스톤 평원은 아국에서 더 가까운 곳입니다."

"병사들이 조금 지쳐 보이는군."

"먼 거리를 이동했으니 당연한 일입니다."

"경계 없이 이틀 동안 쉬라고 해."

"하나……."

"기습은 없을 것이야. 그것은 그들의 자존심이니까."

"알겠습니다."

카이론이라면 모르겠으나 나파즈 왕국의 귀족들과 국왕은 자존심으로 똘똘 뭉쳐 있다. 원래 귀족들이라는 것이 자신이 내뱉은 말을 손바닥 뒤집듯이 하기는 한다. 하지만 카이론이 꿰뚫고 있는 것은 바로 나파즈 왕국의 카테인 왕국에 대한 적대감이었다.

그 적대감으로 인해 오랫동안 카테인 왕국을 점령하기 위해 군사력을 키우고 호시탐탐 노렸다. 내심으로는 필생의 호적수라는 것을 인정하고 있으나 겉으로 드러난 그들의 모습은 절대 카테인 왕국을 인정하지 않았다.

바로 한 수, 혹은 두세 수 아래로 보고 있는 듯 했다. 그런데 그런 카테인 왕국을 상대로 그들의 정신적인 지주이자 실질적인 최고의 권력자인 국왕이 한 번 내뱉은 말을 번복할 수는 없었다. 그것이 그들이 지키는 최후의 자존심이다.

두세 수 아래의 카테인 왕국군을 상대로 그런 비겁한 수를 쓴다는 것은 있을 수 없는 일이었다.

'그들은 이대로 두고 볼 것이다. 쉬면서 원래의 전력을 모두 회복한다 해도 자신들이 승리할 수 있을 것이라 판단하고

있을 테니까. 또한 그들에게는 흑마법과 그 흑마법에서 탄생한 물체가 있으니까.'

카이론의 생각은 정확했다. 진영을 꾸리고 모두가 편안한 휴식을 취하는 동안 카이론의 막사로 세븐 스타와 슐리펜 공작, 그리고 마하리쉬 후작까지 모두 모여들었다.

"편안하십니까?"

"편하지 않을 이유가 없지. 어차피 그들과 담판을 짓기에는 시일이 조금 남았으니 말이다."

하긴 그랬다. 그들이 제안한 것은 서신을 받은 날로부터 한 달 후였다. 그런데 카이론은 불과 이십여 일 만에 투스톤 평원에 도달했다.

"하고… 군세가 약간 증가한 것 같더군."

"마샬 삼왕자 휘하의 병력을 흡수했습니다."

간단하게 답하는 슐리펜 공작이다. 하지만 말처럼 그리 간단한 작업은 아니었을 것이다. 흑마법에 의해 세뇌를 당하거나 혹은 블랙 웜처럼 상대의 정신을 조종할 수 있도록 머리에 심어놓은 벌레를 제거하는 작업은 그리 쉽지 않은 일이다.

하지만 8서클의 마나를 개방하고 경지를 끌어 올린 슐리펜 공작은 불과 며칠 만에 모든 작업을 끝냈다.

"병력 현황은?"

"현재 소작이 대동한 병력은 15만입니다."

"10만은 본국을 방어하고 있는 것인가?"

"만약이라는 것이 있으니 말입니다."

"하긴 그렇지. 물론 그럴 리는 없겠지만."

"국왕 전하의 신출귀몰한 귀계와 신위라면……."

"아부도 제법 늘었군."

카이론의 말에 슬쩍 입꼬리를 말아 올리는 슐리펜 공작이다.

"그리고… 어떻게 되었나?"

"중심에는 역시 나파즈 왕국의 국왕이 있었습니다."

"그랬나?"

"하지만 대외적으로는 나파즈 왕국의 왕실 마탑주인 카를 하우스호퍼 후작이 가장 강력한 흑마법사입니다."

"7서클인가?"

"네, 그렇습니다."

"그렇다면 국왕이라는 자가 8서클일 가능성이 높겠군."

"그렇습니다."

"그 외에 주의해야 할 것은?"

"역시 알고 계시겠지만 그들이 운영하는 1만에 달하는 절망의 기사들입니다."

"역시 그들이 문제로군."

"그렇습니다. 점점 더 완성형에 가까워지고 있다고 봐야 할 것입니다."

"시간이 흘렀으니까, 방법이 없을까?"

"다수 대 다수의 기사 대전을 신청하는 방법밖에는……."

"수가 모자라는군."

"그렇습니다."

둘의 대화에 일순 장내에 침묵이 감돌았다. 절망의 기사들. 그들은 흑마법에 의해 만들어진 키메라 기사들이다. 절대 일반 병사나 익스퍼트에 오르지 않은 기사로 감당할 수 있는 존재가 아니었다.

"우선 국왕 전하의 친위대 3백 명이 있겠군요."

"그리고 알카트라즈의 예니체리가 있겠고."

"마지막으로 새로이 구성된 근위기사단 5백 명이 있습니다."

"총 해서 5천 8백 명이로군."

"해볼 만하지 않수?"

웰링턴 백작을 선두로 마하리쉬 후작, 그리고 슐리펜 공작이 있다. 마지막으로 묻는 것은 역시 키튼이었다. 키튼의 얼굴에는 잔잔한 흥분이 감돌고 있었다. 보통의 병사나 기사들이 아니다. 흑마법으로 재탄생된 키메라 기사들이다.

새로운 것에 대한 흥미가 전부인 키튼. 어찌 보면 지극히 단순한 성격이라 할 수 있지만 그 성격이 지금의 그를 만든 것이나 다름없으니 참으로 아이러니하다 할 수 있었다.

"절망의 기사단의 단장이 누구지?"

"근위기사단장이자 국방부 대신으로 있는 게오르그 마체아테 후작입니다."

"그를 믿나보군."

그럴 수밖에 없었다. 가장 중요하다 할 수 있는 세 가지의 직위를 한꺼번에 지니고 있는 자이니 나파즈의 국왕이 그를 믿지 못한다는 건 절대 있을 수 없는 일이다.

"더불어 흑마법에 의해 강화된 자가 틀림없습니다."

"그렇겠지. 키메라라는 것이 흑마법에 의해 만들어지기는 했어도 그들의 전투력을 높이기 위해 약육강식과 적자생존의 법칙을 철저히 지켜야 할 터이니까."

이 말인즉슨 강하지 않으면 결코 따르지 않는다는 것을 의미했고, 그만큼 마체아테 후작이 강하다는 것을 의미했다.

"그가 나선다면 제퍼슨 브라운 후작이 그 뒤를 잇겠군."

"아마도 그럴 가능성이 높습니다. 마체아테 후작을 제외하고 가장 강력한 자가 바로 브라운 후작이니 말입니다."

"다수의 기사 대전에는 나오지 않겠군."

"아무래도 그렇습니다."

"기사 대전에서 승리하면 곧바로 진격이겠군."

"그래야 합니다."

슐리펜 공작의 말에 카이론은 좌중을 훑어보았다.

"들었지?"

"……"

답은 없었다. 하지만 오히려 답이 없는 것이 더 마음을 든
든하게 했다.

"이번이 마지막이 될 것이야. 뭐 당분간이겠지만. 그리고
그대들에게 내리는 마지막 명령이다."

"……"

역시 답은 없었다.

"살아라. 살아서 카테인 왕국의 영광이 되어라."

"추웅!"

그 말이면 되었다.

둥! 두웅! 두두둥!

뿌우! 뿌! 뿌우우!

전고와 뿔나팔이 투스톤 평원에 울려 퍼졌다. 카테인 왕국
군 25만, 나파즈 왕국군 50만, 총 75만의 병력이 그 끝을 알
수 없을 정도로 넓은 투스톤 평원을 가득 채우고 있다.

"흐음, 드디어 시작이로군."

나파즈의 국왕이 높게 설치된 절대의 좌에 앉아 좌우로 넓
게 투스톤 평원을 가득 채운 자신의 군대를 바라보며 흡족한

미소를 떠올렸다.

"25만 대 50만이라……. 이거 너무 압도적인데 말이야. 설마 내 제안에 응할 줄은 몰랐어."

"자부심일 것입니다."

"자부심? 자부심이라……. 자부심만으로 두 배의 병력에 승리할 수는 없지. 그렇게 어리석을까?"

"저들의 전력을 분석한 결과 카테인의 국왕은 마스터의 반열에 올랐습니다. 또한 카테인 국왕을 섬기는 일곱 개의 별역시 마스터에 오른 것으로 판단되고 있습니다."

"호오~ 마스터가 무려 여덟이나 된다는 말인가?"

"그렇습니다."

"그렇다면 확실히 만만치 않겠군."

"더군다나 카테인 왕국의 제1공작인 알프레드 슐리펜은 7서클의 대마도사로 알려졌습니다."

"흐음, 그렇군. 그대와 충분히 일전을 겨룰 만할 정도이겠군."

"그렇기는 하겠으나 아무래도 백마법사라면 조금 어려울 것입니다."

하우스호퍼 후작의 말에 흘깃 그를 바라보는 나파즈의 국왕. 하우스호퍼 후작은 무표정을 가장하고 있지만 어떻게 자신을 겨우 7서클의 백마법사와 비견할 수 있느냐는 듯한 느낌을 풍기고 있었다.

그에 나파즈의 국왕은 미미하게 입꼬리를 말아 올렸다. 하기는 그랬다. 같은 서클의 마법사라 할지라도 흑마법사가 훨씬 더 강력한 마법을 구사한다. 그 원인은 바로 수발하는 마나의 성질 때문이다.

급격하게 마력을 불리면서 다스리기보다는 타협, 혹은 협박을 가하는 방식을 취하는 것이 흑마법사이다. 그러하기에 순응보다는 반항을, 방어보다는 공격을, 유순하기보다는 거친 폭포 같은 것이 흑마법사의 마력이다.

시작하지 않았으면 모르되 시작했다면 폭발하듯이 터져 나가는 흑마법사의 마력. 하지만 단점도 분명히 존재했다. 일순간의 폭발에 의해 빠르게 소진되는 마나였다. 장시간의 전투라면 당연히 흑마법사가 불리했다.

물론 주변에 피와 시체가 널렸다면 끈질기게 살아남아 백마법사를 압박할 것이나 그것을 모를 백마법사들이 아님에 단시간에 승부를 볼 수밖에 없다. 하지만 7서클부터는 또 달랐다.

아무리 흑마법사라고는 하나 7서클 이상부터는 깨달음 없이 오를 수 있는 경지가 아니니 어느 정도 마나의 소실을 감당해 낼 수 있기 때문이다. 단점이 없어졌으니 같은 서클의 마법사라면 백마법사가 필패라 할 것이 분명했다.

"누군가 나오는군."

전열을 정비하고 양 진영이 마주 보게 되자 카테인 왕국 쪽에서 한 명의 기사가 말을 달려 전장의 중앙으로 나섰다. 보통 개전을 선포하는 전통적인 전쟁 방식이라 할 수 있었다.

"본 카테인 왕국의 국왕 카이론 에라크루네스는 이곳 투스톤 평원에서 나파즈 왕국과 일전을 겨룸을 선포하는 바이다! 또한 자신이 있다면 다수의 기사 대전을 신청하노라!"

말을 마친 기사가 대기했다. 그에 맞은편 나파즈 왕국 쪽에서도 한 명의 기사가 나섰다.

"본 나파즈 왕국의 국왕 도미니크 카이산 세리우도네스 마샬은 이곳 투스톤 평원에서 카테인 왕국과의 일전을 겨룸을 선포하며 다수의 기사 대전을 허한다! 아국이 내세울 기사단은 1만의 절망의 기사단으로 기사단장으로는 근위기사단장이자 국방부 대신인 게오르그 마체아테 후작 각하시다!"

그렇게 말을 하고 두 기사는 서로의 마상 장검을 꺼내 가볍게 두 번 부딪친 후 각자의 진형으로 돌아갔다. 바로 개전이 시작되었음을 알린 것이다. 카테인 왕국 쪽의 병력 5천 8백, 나파즈 왕국 측의 병력 1만.

그 두 병력이 격돌했다. 그리고 그 가장 선두에는 카이론과 마체아테 후작이 섰다. 둘의 시선이 부딪쳤다. 담담한 카이론의 눈빛과 마치 무저갱처럼 깊은 어둠을 담고 있는 마테아체 후작의 눈빛.

"크큭! 죽여주마!"

나직하게 으르렁거리는 마테아체 후작은 이미 자신이 가진 힘 중 절반 이상의 봉인을 해제하고 있었다. 그가 받은 명령은 멸살. 단 한 명의 카테인 왕국군도 살려두지 말라는 국왕의 명령이 있었다.

그의 검신에는 칙칙한 검은색의 오러 블레이드가 섬뜩한 빛을 뿌리며 솟아나 있다. 그에 반해 카이론의 언월도에는 오러조차 제대로 시전되어 있지 않았다. 마체아테 후작의 검이 대지를 쪼개듯 카이론의 머리 위로 떨어져 내렸다.

감히 범인으로서는 그가 휘두른 검의 궤적조차 좇을 수 없을 정도로 기쾌한 움직임이라 할 수 있었다. 물론 범인에게 해당되는 말이다. 카이론은 가볍게 언월도를 들어 슬쩍 흘려냈다. 마체아테 후작의 검이 언월도에 닿을 때 살짝 백색의 광망이 흘러나왔을 뿐이다.

쾌아앙!

하지만 들려오는 소리는 귀를 먹먹하게 할 정도의 거대한 폭음이었다.

"크큭, 한 수가 있다는 것인가?"

손아귀에 전해지는 통증이 만만치 않음을 깨달은 마체아테 후작은 말머리를 돌려세우며 나직하게 입을 열었다.

"겨우 이 정도로 나를 상대하려 했던가?"

카이론의 도발과도 같은 말에 마체아테 후작은 날카로운 이를 드러내며 진득한 살소를 머금었다. 자신이 누군가? 나파즈 왕국의 가장 강한 기사 중의 기사가 아닌가? 그러한 자신을 두고 고작이라고 한다.

"큭! 본작의 일검을 막아낸 너의 무력은 인정하마. 하나 이제 시작임을 알아야 할 것이다."

"나는 아직 시작도 안 했다."

꿈틀.

카이론의 말에 볼살을 씰룩이는 마체아테 후작이다. 마치 자신 정도는 안중에도 없다는 듯한 카이론의 태도가 마음에 들지 않는다는 듯한 표정이다. 더불어 자존심이 상했다는 것을 보여주는 반증이라 할 것이다.

"기사가 평정심을 잃는다는 것은 이미 죽은 시체와 같은 것. 고작 그 정도의 말에 평정심을 잃는다면 넌 기사로서의 자격이 없다."

"크큭! 눈물 나게 고맙군. 그 대가로 일 검에 죽여주마. 타핫!"

말의 배를 차 카이론을 향해 쇄도하는 마체아테 후작. 카이론 역시 마주 달려 나갔다. 순식간의 근접해 가는 둘이다. 그리고 수없이 많은 검과 칼이 교차하기 시작했다. 검고 밝은 빛이 터져 나오며 사방으로 마나의 불꽃이 튀었다.

그와 함께 들려오는 거친 폭음까지. 소리만 듣는다면 결코 둘만의 전투라고 할 수 없을 정도로 격렬하게 공방을 거듭하는 카이론과 마체아테 후작의 전투는 어느새 백 합을 넘어가고 있었다.

콰아앙!

굉음이 흘러나오며 둘은 팅기듯이 서로에게서 멀어졌다.

"후욱! 후욱!"

마체아테 후작은 어깨를 들썩이며 거친 숨소리를 내고 있다. 반면에 카이론은 여전히 고른 숨소리로 고요하기 그지없었다. 누가 봐도 승부를 점칠 수 있을 정도로 확연하게 갈리는 둘의 상태였다.

호흡을 가다듬으며 마체아테 후작이 카이론을 쏘아보았다. 믿을 수 없었다. 그는 자신의 주군을 제외하고는 그 누구도 자신의 머리 위에 두지 않을 정도의 뛰어난 무력을 가지고 있었다. 또한 일만에 달하는 절망의 기사와의 전투에서조차 밀리지 않을 정도이다.

그런데 그러한 자신이 여실히 밀리고 있었다. 고작 백 합 정도로 숨이 거칠어질 정도이다. 일만의 절망의 기사와 연속으로 대련하는 것보다 더 힘들고 피곤했다. 인정하지 않을 수 없었다.

"후우, 믿을 수 없군. 카테인 왕국에 너와 같은 자가 있다니."

"믿을 수 없군. 나파즈 왕국의 최고의 기사가 겨우 이 정도라니."

똑같은 말로 되돌려 주는 카이론. 그에 마체아테 후작의 얼굴이 눈에 띄게 꿈틀거렸다.

"크큭! 인정하마. 본작의 상대로써 충분히 자격이 됨을 인정하마. 하지만 이제부터는 조심해야 할 것이다. 지금과 같다면 넌 분명히 죽을 것이다."

"별것도 아닌 것을 가지고 흰소리는. 인정이고 뭐고 덤벼봐. 가루로 만들어줄 테니까."

"크하하하! 좋구나!"

후우우웅!

마체아테 후작의 기세가 변하기 시작했다. 그의 주변으로 검은색의 안개가 휘몰아치기 시작했으며, 카이론의 언월도에 의해 여기저기 입은 자잘한 상처가 순식간에 사라졌으며, 깨지고 찌그러진 검은색의 풀 플레이트 메일이 멀쩡하게 복원되었다.

그리고 그의 등 뒤로 기괴한 모양으로 된 검은 단검이 치솟아 올라 그의 주변을 호위하듯이 감돌았다. 그에 카이론의 양팔에서도 나노 튜브 블레이드가 백색의 검광을 토해내며 모습을 드러냈고, 마체아테 후작과 같이 카이론의 주변을 휘돌기 시작했다.

"크큭, 믿는 구석이 있다 이건가?"

"믿는 구석은 네놈이 있는 게지. 흑마력을 사용해 강제적으로 마스터를 넘어선 경지에 도달했다고 해서 검의 끝을 봤다고 하는 것은 오만이야."

"오만? 오만이라……. 웃기는군. 이것은 오만이 아니라 자신감이다."

그의 말이 끝남과 동시에 그의 주변을 돌고 있던 검은색의 검이 카이론을 향해 쏘아져 나갔다.

촤라라락!

그에 카이론의 주변을 돌고 있던 나노 튜브 블레이드가 수십 개로 분리되더니 마치 표창처럼 날아오는 흑검을 향해 백색의 유려함을 자랑하며 날아갔다.

콰가가강!

폭음이 들려왔다. 카이론의 조각난 나노 튜브 블레이드에 부딪친 흑검은 폭발함과 동시에 짙은 검은빛을 뿌리며 사라져 갔다. 하지만 마체아테 후작은 거기에서 멈추지 않았다. 이미 그럴 줄 알았다는 듯 그의 등 뒤에서 몇 개의 흑창이 솟아나 카이론을 향해 쇄도했다.

카이론은 언월도를 가볍게 휘둘러 날아오는 흑창을 베어

냈고, 어떤 폭음도 없이 흑창을 소멸시켜 버렸다. 하나 마체아테 후작의 공격은 거기에서 그치지 않았다. 그의 팔이 마치 고무줄처럼 쭈욱 늘어났다.

그의 손에는 전혀 생소한 검이 들려 있었다. 마치 흰 뼈를 갈아서 만든 것 같은 새하얀 검신을 가진 검이다. 카이론이 언월도를 마주쳐 갔다.

콰아앙!

또다시 폭음이 터졌다.

쩌적!

백색의 검신에 균열이 발생했다.

끼아아악!

그에 귀를 틀어막고 싶을 정도의 기괴한 비명 소리가 들려왔고, 고통과 공포가 동반된 해골 모양의 수없이 많은 오염된 원혼이 쏟아져 나왔다. 그 원혼들은 카이론을 공격하기도 하고 일부는 균열이 생긴 백색의 검을 복원시켰다.

퍼서석!

카이론을 공격해 들어가던 원혼들은 비명조차 지르지 못하고 검은 연기가 되어 사라져 갔다. 카이론이 앞으로 달려 나갔다. 하지만 마체아테 후작은 일정한 간격을 두고 연신 고무처럼 늘어난 두 팔로 카이론을 공격하고 있었다.

귀를 틀어막고 싶은 비명 소리가 울려 퍼지고 수없이 많은 검은 원혼이 카이론을 향해 쇄도했다. 검은 원혼들의 공격은 마치 파도와 같았다. 도대체 얼마나 많은 원혼을 백색의 검에 가두었는지 모르나 백색의 검에서는 끊임없이 검은 원혼이 쏟아져 나왔고, 쏟아져 나온 원혼들은 카이론을 포위하듯 에워쌌다.

그 수가 얼마나 많은지 마치 원혼으로 무덤을 만든 것과 같았다. 그 모습을 지켜보는 마체아테 후작은 기괴하게 입술을 비틀었다.

"크큭, 고통스러워해라. 공포에 물들어 죽음을 두려워해라. 크큭! 크하하하!"

고개를 뒤로 젖히며 목젖이 보이도록 크게 웃는 마체아테 후작. 그의 웃음은 지하의 공동을 울리듯 사방으로 퍼져 나갔다. 하지만 그의 그런 통쾌한 웃음은 결코 오래가지 못했다. 카이론을 온통 감싸고 있던 검은 원혼들의 틈 속에서 균열이 발생했다.

그리고 그 균열에서 빛이 터져 나왔다.

드드드득!

균열이 흔들렸다. 아니, 카이론을 감싸고 있던 원혼들의 무덤이 몸서리쳤다. 진동은 점점 거세졌고, 균열 역시 크게 벌어지기 시작했다.

"끼아아아악!"

심혼을 긁어내리는 것 같은 울부짖음이 터져 나오며 균열을 뚫고 나온 빛이 폭사했다.

"크으으윽! 쿨럭!"

그에 하늘을 보며 앙천광소를 터뜨린 마테아체 후작은 답답한 신음성을 흘리며 검붉은 핏덩이를 한 움큼 토해냈다.

"어, 어떻게……."

연신 핏물을 게워내며 믿을 수 없다는 눈동자로 카이론이 있는 곳을 바라보는 마테아체 후작. 그의 시선이 머무는 곳에는 카이론이 있었다. 그가 타고 있던 말은 이미 뼈조차 보이지 않았다.

카이론은 허공에 떠 있었다. 언월도도 회수한 채 팔짱을 끼고 마테아체 후작을 무심하게 바라봤다. 아무것도 읽을 수 없는 무색투명한 눈동자. 그 눈동자가 마테아체 후작의 전신을 훑고 지나갔다.

욱신!

전신의 핏줄을 타고 흐르는 짜르르한 느낌. 하지만 이내 그것은 고통이 되었다. 바늘로 전신을 찌르는 감각이 되돌아왔고, 동시에 그의 전신에서 핏줄기가 솟았다.

푸화악!

"크으윽! 이, 이게 대체……."

하지만 이내 회복되고 재생되었다. 인간으로서는 도저히

상상조차 할 수 없을 정도로 빠른 속도이다. 하지만 카이론은 여유로웠다. 뽑아 들지도 않은 언월도가 서서히 뽑혀 나와 수평을 이루며 청색의 오러를 토해내기 시작했다.

"블루 플라워!"

마테아체 후작의 입에서 경악스러운 음성이 터져 나왔다. 아주 서서히 수평을 이룬 언월도가 마테아체 후작의 미간을 향해서 움직이기 시작했다.

"이익, 익!"

벗어나려 했다. 움직이려 했다. 하지만 움직일 수도, 벗어날 수도 없었다. 무언가 자신의 전신을 꽉 움켜쥐고 놓지 않고 있는 듯했다. 하나 마테아체 후작은 포기하지 않았다. 기를 쓰고 어둠의 마나를 최대한으로 운용했다.

쩌저적!

그의 발목이 부서져 나가면서 한 걸음 내디딜 수 있었다. 하나 그가 한 걸음을 내디딜 때 부서진 그의 발목은 벌써 재생된 이후였다.

쩌적!

또 한 걸음.

그리고 양손에 쥔 검을 움직였다.

꾸드드득!

양팔도 마찬가지였다. 마치 얼어붙은 듯 움직이지 않았다.

하지만 마테아체 후작은 강제로 움직였다. 근육이 찢어지고 재생하기를 반복했다. 두 개의 검이 교차되면서 자신을 향해 느릿하게 쇄도해 오는 블루 플라워가 피어오르고 있는 카이론의 검을 막아갔다.

쩌엉!

막아서는 두 개의 검과 찌르고 들어가는 한 개의 도.

파사삭!

이내 검이 깨져 나가는 소리가 들려왔다. 그와 동시에 마테아체 후작의 눈이 더 이상 커질 수 없을 정도로 커졌다. 교차되어 언월도를 막아내려 하던 두 개의 백색 검이 박살 나고 여전히 전혀 속도가 줄어들지 않은 채로 마테아체 후작의 미간을 향하는 카이론의 언월도.

뜨끔!

주르륵!

살짝 움찔하는 마테아체 후작. 그리고 그의 미간에서 한 줄기의 검붉은 핏물이 흘러내려 그의 콧등과 입술을 타고 턱에 맺혔다.

투욱!

흘러내린 핏줄기에 의해 턱에 맺힌 핏방울이 그 무게를 이기지 못하고 떨어져 내렸다.

"이… 럴… 수는……."

무언가 말을 하려 했지만 말을 할 수가 없었다. 혀가 제대로 돌아가지 않았기 때문이다.

스르르륵!

그때 멀리서 허공에 뜬 채 자신을 바라보고 있던 카이론이 마치 끈으로 연결된 것처럼 마테아체 후작을 향해 움직였다. 그의 신형이 뇌가 녹아버렸음에도 불구하고 여전히 버티고 서 있는 마테아체 후작의 앞에 섰다.

카이론의 시선이 영혼이 떠난 마테아체 후작의 눈동자를 향했다. 영혼이 떠났음에도 불구하고 마테아체 후작의 눈동자는 여전히 검은색으로 윤기가 돌고 있었다.

"보고 있나?"

"크으… 큭! 알고… 있었나?"

"8서클의 흑마법사이면 자신만의 종속을 부릴 수 있지."

"크으… 큭! 대단… 하군."

마테아체 후작의 검은 눈이 카이론을 향했다. 눈동자도 검고 눈자위도 검다. 해변의 조약돌처럼 반들거리는 마테아체 후작의 눈은 무언가 사이롭게 빛나고 있었다. 아직 카이론은 언월도를 회수하지 않은 채였다.

마테아체 후작이 버티고 있는 이유는 바로 아직 카이론이 언월도를 뽑지 않았기 때문일지도 모른다. 카이론이 언월도를 뽑지 않은 이유는 바로 이것이었다. 마테아체 후작을 조종

하고 있는 어둠의 끈을 봤기 때문이다.

그리고 그 어둠의 끈은 나파즈의 국왕과 연결되어 있었다.

"별로 대단한 것은 아니지."

"큭! 그런가?"

처음엔 조금 어눌하던 마테아체 후작이 목소리가 자연스러웠다. 이미 자신의 정체가 들통 났음에 군이 불편하게 대화를 하고 싶지 않은 모양이다.

"보니까 절망의 기사를 더 이상 만들지 않은 모양이로군."

"재료가 없어서 말이지."

"안타깝겠군. 아국과의 전쟁을 조금 더 오래 끌었더라면 충분했을 터인데 말이야."

"뭐 어차피 쓰다 버릴 것들이니까."

아무렇지도 않다는 듯이 말하고 있지만 사실 나파즈의 국왕의 음성에는 살짝 분노의 감정이 담겨 있었다. 1만이나 되는 절망의 기사가 고작 5천 정도의 병력에 완전히 밀리고 있다.

그중 단연 돋보이는 이들은 역시 세븐 스타였다. 그들은 카테인 왕국에서 내전이 발생하고 나파즈 왕국의 침략이 있던 개전 초만 하더라도 최상급의 실력자일 뿐이었다. 하나 거듭된 훈련과 전투 속에서 그들의 실력은 일취월장해 지금에 이르러서는 일곱 명의 마스터로 재탄생한 상태였다.

말도 안 될 정도의 강력한 전력. 그들의 검에 죽어간 절망의 기사들의 시체가 산을 이룰 정도이다. 완벽하게 승기를 잡을 것이라 생각했는데 오히려 완벽하게 패배하고 있었다. 그에 나파즈의 국왕은 자신의 패배를 인정하지 않으려 했다.

그것이 바로 지금의 반응이라 할 것이다. 그 정도쯤은 나에게는 손톱의 때에도 미치지 못한 전력이다. 그저 너희들의 힘을 한번 확인해 보기 위해 보낸 것이다. 이런 식으로 말이다. 하나 카이론은 그런 나파즈 국왕의 허세를 단박에 파악했다.

"그런가? 그렇다면 다행이로군. 나를 위해 준비한 것이 고작 이 정도였다면 아주 많이 실망했을 테니까."

"큭! 감히 짐을 도발하려는가?"

"도발? 도발할 정도의 실력은 되나?"

"놈! 감히!"

"할 말이 없나보군. 나도 별로 할 말은 없군. 미친놈과의 대화는 별로 유쾌하지 않아서 말이지. 이따 보자고."

"가, 감……."

쑤욱!

무언가 말을 하려 했다. 하나 그 순간 카이론은 자신의 언월도를 뽑았다. 그에 핏물조차 흘러내리지 않은 마테아체 후작의 시신이다.

하지만 기이한 현상은 거기에서 끝나지 않았다. 먼지처럼 사라지는 마테아체 후작의 시선은 검은 연기가 되어 길게 꼬리를 내어 나파즈 왕국의 한 지점으로 향했다.

카이론은 그 모습을 끝까지 지켜보았다.

"거기 있었구나. 기다려라."

나직하게 읊조린 카이론이 신형을 뽑아 올렸고, 아직 압도적인 전력으로 절망의 기사를 밀어붙이고 있는 전장의 한가운데로 떨어져 내리며 검을 바닥에 내리쩍었다.

콰아아앙!

빠직! 빠지직!

유성이 떨어진 것처럼 둥그런 크레이터가 생성되었고, 그가 언월도를 꽂은 곳을 중심으로 아크 방전이 일어나기 시작했다. 어둠과는 가장 상반된 속성을 꼽자면 바로 뇌전일 것이다. 그 뇌전이 하늘에서부터 떨어지는 것이 아닌 카이론의 언월도에서부터 시작되고 있었다.

빠지지직!

"크아아악!"

키메라로서는 완성형에 가까웠던 절망의 기사들 사이에서 비명 소리가 터져 전장을 뒤덮었다. 카이론의 언월도에서 뿜어져 나간 뇌전은 오로지 절망의 기사들에게만 작용했다. 한두 명이 아닌 수십 명의 절망의 기사가 순식간에 검게 탄 숯덩이가 되어 죽어갔다.

일시에 모든 시선이 그에게로 향했다. 그를 향해 수없이 많은 절망의 기사가 달려들기 시작했다. 단숨에 모든 시선을 강탈한 카이론. 그때부터 카이론의 진정한 공포가 시작되었다.

"아따 그 양반, 등장 한번 요란하네."

멀리서 키튼이 절망의 기사의 목에 쯔바이한더를 우겨넣고 빠르게 잘라낸 후 가볍게 검에 묻은 핏물을 털어내며 한마디 했다.

콰직!

"끄아악!"

그때 그의 곁으로 한 명의 절망의 기사가 피떡이 되어 훌훌 날아가고 있다. 그에 힐끗 옆을 바라보는 키튼. 그의 옆에는 예의 불카투스가 서 있었다.

"몇이나 잡았냐?"

은근슬쩍 경쟁하듯 물어보는 불카투스. 그에 키튼이 씨익 웃음을 보였다.

"5백까지 세다 포기했다."

"겨우?"

"뭐, 겨우?"

"난 6백을 넘겼다."

"거, 거짓말!"

불카투스의 말을 부정하는 키튼이었다.

"믿기 싫음 말고. 웃차!"

그러면서 또다시 두 개의 배틀엑스를 휘둘러 자신에게 달려드는 절망의 기사를 두 쪽으로 갈라 버리는 불카투스였다. 그에 키튼의 얼굴이 민망할 정도로 일그러졌다. 완성형의 절망의 기사라고는 하지만 세븐 스타에게 있어 그들은 그저 일반 기사보다 조금 강한 정도였다.

물론 방심하면 몸에 생채기가 나고 자칫 잘못하면 죽음에 이르겠지만 지금 이 순간 키튼과 불카투스는 마치 가을날 썩은 짚단 베듯 절망의 기사를 도륙하고 있었다. 그 둘의 주변에 휑한 공간이 생겨날 정도이다.

"퉤! 지금부터 누가 더 많이 잡나 내기하자."

"그거 좋지. 그런데 그냥 하면 조금 맹숭맹숭하지 않나?"

"뭘 바라냐?"

"조카!"

"뭐?"

"폴린과 결혼한 지 언젠데 아직도 소식이 없는 거냐? 너 혹시 불구냐?"

"야! 지금 이 상황에서 그런 말이 나오냐?"

"지금 상황이 뭐 어때서?"

"아씨! 한다, 해! 그럼 넌 뭘 걸 건데?"

"내가 가진 거라고는 이거밖에 없지 않냐?"

불카투스가 들어 올린 것은 그의 양손에 쥐어진 배틀엑스 두 자루였다. 그에 키튼의 얼굴이 샐쭉하게 변하며 입을 열었다.

"내가 말을 말지. 여하튼 한 놈!"

그사이 벌써 절망의 기사 한 명의 목을 베어내고 있었다.

콰작!

"크아아악!"

"세 놈!"

"저거 완전 반칙인데. 왜 내가 밀지는 것 같지?"

그러면서 아직 남은 절망의 기사를 향해 돌격해 들어가는 키튼. 그와 함께 배틀엑스를 미친 듯이 휘두르며 크게 웃는 불카투스의 목소리가 전장을 지배했다.

"크하하하! 오라! 죽음을 보여주마!"

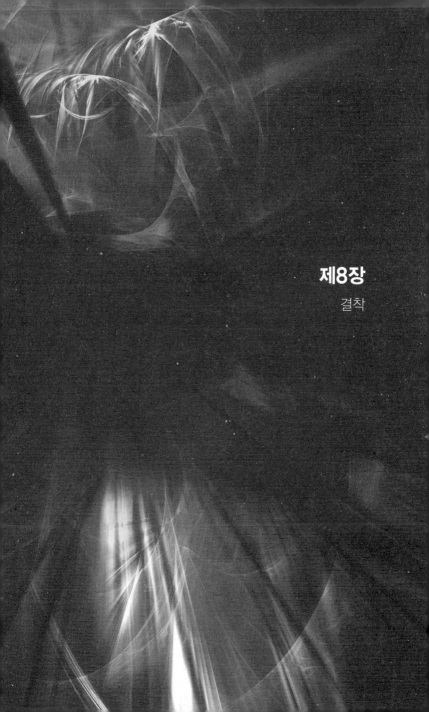

제8장

결착

Warrior

　"뛰어나군."

　1만 대 5천 8백의 전투를 지켜보고 있는 나파즈의 국왕. 그의 입에서 무심한 목소리가 흘러나왔다. 그의 옆을 지키고 있는 하우스호퍼 후작이나 브라운 후작 역시 무표정하게 전투 상황을 지켜보고 있었다.

　"절망의 기사가 당하면 위험해질 수도 있사옵니다."

　"해서?"

　"근위기사단과 마법병단을 움직여야 하옵니다."

　"병력을 몰아치면?"

"이미 선언을 하시었사옵니다."

"전쟁은 언제나 승자의 편이지 않나?"

"물론 그렇사옵니다."

"전 병력을 움직인다."

"충!"

더 이상 어떤 말도 없었다. 이미 내려진 명은 그야말로 목숨을 바쳐 완수해야만 하는 것이었다.

"하고 근위기사단과 마법병단 역시 준비하라."

"충!"

명을 내린 나파즈의 국왕은 심유한 눈빛으로 전장을 지켜보았다. 그러다 문득 기괴하게 입술을 비틀었다. 그러다 슬쩍 자신의 우측을 지키고 있는 흑의 풀 플레이트 메일을 착용한 기사를 바라봤다.

"헬름을 벗으라."

"……."

대답 대신 행동으로 보이는 기사. 목에는 검은색 실선이 이어져 있고 눈동자는 퀭하게 뚫려 있다. 하나 그러함에도 익히 알고 있는 얼굴이었다.

"이름."

"페테스브루넌 에라크루네스."

흑의 기사 데쓰 나이트의 대답에 기대된다는 듯이 입술을 꿈틀거리는 나파즈 국왕은 왜 페테스브루넌이 데쓰 나이트가 되었는지 알고 있다. 아주 정확하게. 데쓰 나이트란 마스터에 오른 기사가 살아생전의 원념이 똘똘 뭉쳐 탄생한 죽음의 기사를 이르는 말이다.

"목적."

"카이론 에라크루네스의 죽음."

"좋다, 가라."

번쩍.

나파즈 국왕의 명이 떨어지자 데쓰 나이트의 눈동자에서 붉은빛이 반짝이다가 다시 휑하니 뚫린 동공이 되었다.

싸아아아악!

검은색 연기가 모여 유령마가 만들어졌다. 바로 팬텀 스티드였다. 머리 한가운데 뿔이 돋아난 팬텀 스티드에 올라탄 페테스브루넌 에라크루네스가 검을 뽑아 들어 치켜 올렸다.

"진.격.하.라!"

후두두두둑!

3백의 듀라한이 페테스브루넌의 명령에 일제히 팬텀 스티드의 옆구리를 차올렸다. 기이한 울림이 터져 나오며 유령마가 질주하기 시작했다. 그들이 달려가는 곳의 좌우로 널찍한 길이 열렸다.

50만의 병력이 좌우로 갈라지는 것은 실로 장관이었다. 그 순간 카이론과 일곱 개의 별, 그리고 카이론의 호위대가 하나로 모였다. 이미 절망의 기사는 거의 전멸에 가까운 타격을 입은 상태였다.

물론 5천에 이르던 예니체리의 수 역시 겨우 1천 정도 남았을 뿐이지만 절망의 기사 1만을 상대로 그들을 압도하고 전멸시킨 예니체리의 실력은 그야말로 입이 떡 벌어질 정도라 할 수 있었다. 그들에게 남은 절망의 기사를 맡기고 다가오는 어둠의 기사들을 맞이할 준비를 하는 카이론이다.

카이론은 주변을 둘러보았다. 살아남은 호위대는 겨우 120명 정도. 일곱 개의 별은 아직 별다른 부상을 입지 않았다.

"복수를 해줘야겠군."

누구에게 하는 말일까? 그 대상이 이 자리에 없는 180명의 호위대임은 누구나 알 수 있었다. 자신들이 호위하는 주군보다 먼저 이승을 떠난 그들의 복수를 해주겠다는 카이론의 말에 기사들의 눈빛이 광렬하게 타올랐다.

"준비는 되었는가?"

"충!"

"가지!"

3백의 듀라한에 맞서기 위해 앞으로 나아가는 128명의 기사.

그들에게 다가갈수록 카이론의 얼굴에서는 미미한 표정의

변화가 보이고 있었다. 그것은 키튼 역시 마찬가지였다.

'누군가 닮았는데?'

가장 선두에 선 자, 분명 어디서 본 적 있었다. 느낌이 아는 사람이라고 끊임없이 알리고 있었다. 그리고 점점 가까워지고 있음에 그는 알 수 있었다.

'염병! 페테스브루넌 에라크루네스, 죽지 않았던가?'

그의 얼굴이 휴지조각처럼 일그러졌다. 그러면서 슬쩍 옆에서 달려가고 있는 카이론을 바라봤다. 무표정했다. 하나 키튼은 느낄 수 있었다.

'형님이… 분노했구나.'

그에 키튼은 갑자기 나파즈의 국왕이 불쌍해졌다. 상대가 50만이라는 대군을 이끌고 있다는 것 정도는 신경도 쓰지 않았다. 한 가지 분명한 것이 있기 때문이다. 자신이 아는 카이론은 지금까지 자신의 전력을 투사해 본 적이 단 한 번도 없었다는 것을 말이다.

그리고 그가 전력을 다한다면 50만이 아니라 백만이라 할지라도 그를 막을 수 없었다. 그의 전력은 그야말로 병력의 수를 무색케 할 정도이다. 그러한 그는 언제나 평정심을 유지했다.

하나 오늘은 아닌 듯싶었다.

"형님, 괜찮수?"

"괜찮… 아니, 안 괜찮군."

카이론이 딱딱하게 답했다. 그에 키튼은 안도한 듯 살짝 입꼬리를 말아 올렸다. 자신의 상태를 정확하게 판단한다는 것은 이미 평정심을 되찾았다는 것을 의미하기 때문이다.

"새끼들, 오늘 제삿날이구만."

키튼은 직감하고 있었다. 말로만 마지막 대회전이 아닌, 이한 번의 전투로 나파즈 왕국은 카테인 왕국에 복속될 것임을 말이다. 병력이 60만이 있으면 뭘 하는가? 국왕이 죽고 그 국왕을 받드는 귀족이 모두 죽어 나감에 어찌 왕국이 유지될 것인가?

그때 카이론의 신형이 잔상을 남기면서 사라졌다. 가장 선두에서 달려오던 데쓰 나이트를 향해서 말이다.

콰가강!

청색과 검은색의 빛이 폭발했다.

투후욱!

검은색 그림자가 튕겨 나왔다. 그것을 시작으로 휘황찬란한 오러의 향연이 시작되었다. 살아남은 자들. 그들은 이미 일정의 수준을 넘은 자들이다. 또한 상대가 결코 만만치 않은 자라는 것을 알고 있기에 처음부터 전력을 다하고 있는 것이다.

터덕! 지지직!

튕겨 나간 데쓰 나이트가 어느새 대검을 땅에 박은 채 긴 고랑을 만들며 견뎌내고 있다.

툭!

긴 고랑을 만들어내던 데쓰 나이트의 신형이 멈췄다. 그리고 그 앞으로 떨어져 내리는 카이론의 언월도.

콰아앙!

다시 청색과 검은색의 빛이 폭발했다.

푸욱!

데쓰 나이트의 발이 대지를 뚫고 박혔다. 그에 붉은 눈동자를 번뜩이는 데쓰 나이트. 데쓰 나이트는 카이론을 알아보지 못하는 것 같았다.

투욱!

대지에 박힌 발을 뽑아내는 데쓰 나이트의 입을 통해서 나오는 음울한 목소리.

"죽.인.다."

쉬아악!

데쓰 나이트의 전신에서 검은색 아지랑이가 일렁이더니 드래곤의 형상을 했고, 카이론을 향해 입을 쩍 벌리며 쇄도해 들었다.

크와아앙!

그와 동시에 카이론의 나노 튜브 블레이드가 빠져나오며

청색의 잔상을 남기며 회전하기 시작했다. 그러다 다시 수십 개의 조각으로 나눠지면서 날아오는 암흑 드래곤을 향해 부딪쳐 갔다.

콰아앙! 콰앙! 콰콰강!

빛이 폭사되면서 거대한 폭음이 일었다. 그 순간 데쓰 나이트가 움직였다. 그의 주변에서는 수십 개의 촉수가 뻗어 나와 있었다. 그 촉수 하나하나가 모두 검이 되고 창과 화살이 되어 카이론을 향해 쇄도했다.

하지만 카이론은 전혀 두려움을 느끼지 않는 모습이다. 오히려 언월도를 빼들고 그 한가운데로 뛰어들었다.

"이따위……."

콰직, 콰가각!

빛이 폭사되면서 그를 향해 덮쳐간 각기 다른 모양의 촉수들이 폭발했다. 검은 촉수는 카이론에게 전혀 피해를 주지 못했다. 마치 그의 주변에 투명한 막이 있는 듯 모든 공격이 그를 빗겨 나가고 있었다.

"죽.인.다."

여전히 딱딱 끊어서 말하고 있었다.

"기억을 못하는군."

그랬다. 기억을 하지 못하고 있었다. 오로지 자신에 대한 살의만 존재할 뿐이었다.

"그렇다면 반쪽짜리 데쓰 나이트로군. 그렇다 하더라도 용서할 수는 없지."

카이론의 신형이 쭈욱 늘어났다. 데쓰 나이트는 본능적으로 들고 있는 대검을 휘두르며 방패를 들어 막았다.

파카강!

방패에 푸른 불꽃이 번쩍였다. 그에 잠시 뒤로 밀려 나는 데쓰 나이트. 하나 카이론의 공격은 이제 시작이었다. 마치 모든 것을 조각내 버리겠다는 듯 연거푸 언월도를 휘두르고 있었다. 그럴 때마다 데쓰 나이트의 검과 방패에서 푸른 불꽃이 일어나며 조금씩 조각이 떨어져 나가고 있었다.

하지만 상대는 데쓰 나이트. 결코 쉽게 물러나지 않았다. 어둠의 오라를 끊임없이 생성시키면서 카이론의 공격을 막아 내고 있었다. 사실 카이론은 전력을 다하고 있지 않았다. 분노하고 있지만 자신의 최종 목표는 데쓰 나이트가 아닌 바로 나파즈의 국왕이었다.

전황이 점점 안 좋아지고 있었다.

"클클, 결국 이렇게 되는 것인가?"

지금의 상황이 아주 흥미롭다는 듯 진득한 미소를 떠올리는 나파즈의 국왕. 사실 그는 분노하고 있었다. 지극히 차가운 분노. 그것을 느낀 하우스호퍼 후작과 브라운 후작이다.

"어찌하옵니까?"

하우스호퍼 후작이 물었다.

그때였다.

멀리서 굉렬한 폭음이 들려옴과 동시에 빛이 폭사되었다.

콰아아앙!

그리고 그 빛을 뚫고 검은 물체가 튕겨 나왔다. 한데 그 튕겨 나온 궤적이 이상했다. 전장의 중심과 나파즈의 국왕이 있는 곳까지는 거의 2킬로미터 이상이 떨어져 있다. 그런데 그 궤적이 바로 나파즈의 국왕을 향하고 있었다.

"어, 어?"

귀족들과 기사들이 입을 떡 벌어졌다. 그들이 '어, 어?' 하는 그 순간 어느새 검은 물체는 나파즈의 국왕에게 거의 다다른 상태였다.

"막아라!"

먼저 정신을 차린 브라운 후작이 소리쳤다. 그리고 번개와도 같이 검을 휘두르자 그의 검에서 검은색 오러가 치솟아 오르며 날아오는 물체를 둘로 쪼겠고, 또 다른 어둠의 뇌전이 검은 물체를 직격했다.

콰직! 빠지지직!

투욱!

브라운 후작은 검을 수납하며 뒤를 돌아봤다. 다행히도 검은 물체는 나파즈의 국왕 바로 앞에 나동그라져 있었다. 검은 물체는 김이 모락모락 나며 정확하게 반으로 갈라져 있었다.

하나 기이한 것은 반으로 갈라져 있던 검은 물체가 꾸물거리면서 다시 하나로 합쳐지고 있다는 것이다. 그 모습을 말없이 지켜보고 있는 나파즈의 국왕.

검은 물체는 바로 그토록 자신하던 데쓰 나이트였다. 한데 재생하고 있는 모습이 이상했다. 연신 재생과 회복을 하고 있지만 이상하게 그것을 방해하는 푸른빛이 있었다. 그 모습에 나파즈의 국왕의 안색이 찌푸려졌다.

치익! 치지직!

"끄륵, 끄그극!"

다시 녹아가고 있는 데쓰 나이트의 신체. 그러다 데쓰 나이트의 몸부림이 뚝 멈췄다. 그리고 어눌하게 입이 열렸다.

"숨어… 있지… 말고… 나… 서… 라!"

푸스슷!

그 말을 남기고 서서히 먼지가 되어 사라지는 데쓰 나이트였다. 나파즈의 국왕은 사라지는 데쓰 나이트를 멍하게 바라보고 있었다.

"큭!"

그러다 그의 입을 비집고 비틀린 웃음이 튀어나왔다.

"크큭! 크하하하핫!"

그리고는 앙천광소를 터뜨리는 나파즈의 국왕.

뚝!

마침내 웃음이 멈추고 옥좌의 손잡이를 잡고 일어섰다.

"역시 그게 맞겠지. 군을 물리고 근위기사단과 마법병단을 준비하라."

"명!"

나파즈의 국왕은 자리에서 일어나 전장을 쏘아보았다. 그 먼 거리를 격하고 나파즈의 국왕과 카이론의 시선이 부딪쳤다. 선명하게 보였다.

"크크큭! 부르는데 가지 않으면 내가 비겁자가 되는 것인가? 좋구나. 오랜만에 느끼는 이 감각은 정말이지 그 무엇으로도 설명할 수 없구나."

"준비 완료되었습니다."

"그런가? 출군한다."

나파즈 국왕의 명이 떨어지자 하우스호퍼 후작은 나파즈 왕국의 왕실 마탑 서열 100위까지 뽑아 진군하기 시작했으며, 브라운 후작은 근위기사단 5백 명을 이끌고 나파즈의 국왕을 호위하며 전장으로 향했다.

나파즈 국왕은 굳이 말을 타지 않았다. 그저 허공에 둥둥 떠서 전장으로 향할 뿐이었다.

둥! 두웅! 둥!

나파즈 왕국 측에서 전고가 울려 퍼지기 시작했다.

"우와아아!"

"충! 추웅!"

나파즈 왕국의 병력은 기치창검을 들어 올리며 연신 충을 외쳤다. 자신들에게 진격을 명할 수도 있을 것이다. 하나 나파즈의 국왕은 그러하지 않았다. 아무리 강군이라고는 하나 절망의 기사 1만과 데쓰 나이트와 듀라한을 박살 내버린 상상조차 할 수 없을 정도의 무력을 지닌 카테인 왕국의 기사들이 무섭지 않은 것은 아니었다.

아니, 솔직히 오금이 저리도록 공포스러웠다. 언제나 무적이라고 생각했다. 한데 그가 아님을 알았으니 어찌 두렵지 않겠는가? 그 순간 자신들의 왕이 스스로 앞으로 나섰다. 그들은 억지로라도 현 상황을 자신들에게 맞게 정당화하고 있었다.

그렇지 않고서는 이 질식할 것 같은 공포에서 벗어나기 어려웠기 때문이다.

물론 전장에 나와 있는 카테인 왕국의 병력은 그야말로 하잘 것 없었다. 그렇지 않아도 절망의 기사와의 전투를 통해 줄어든 병력에서 다시 3백의 듀라한과 전투를 치렀으니 당연히 그 수가 줄어들지 않을 수 없었다.

남아 있는 수는 고작 5백 정도. 하나 그들을 향해 달려 나가는 나파즈 왕국의 기사와 마법사는 무려 6백에 다다르고 있었다. 필승을 자신했다. 그때 카테인 왕국 측에서도 거센 함성이 일어났다.

바로 마법병단이 모습을 드러낸 것이다. 나파즈 왕국의 마법사들은 악마의 형상이 그려진 칠흑의 로브를 입었다면 카테인 왕국의 마법사들은 온통 백색에 금으로 드래곤이 수놓아져 있었다.

그 선두에는 슐리펜 공작이 서 있고 나파즈 왕국에는 하우스호퍼 후작이 서 있었다. 언뜻 보면 카테인 왕국의 마법사들은 나파즈 왕국의 마법사에 비해 절반 정도의 수였다. 그에 나파즈 왕국의 병사들은 소리 높여 함성을 질렀다.

기사들은 모르나 비슷한 수준의 마법사라면 분명 압도적으로 승리할 수 있기 때문이다. 마법사의 태생적인 한계 때문이다. 하나 그러함에도 불구하고도 슐리펜 공작을 따라 나선 50명의 백마법사의 표정은 평온하기 그지없었다.

그때 가장 선두에 서 있던 슐리펜 공작의 입에서 한마디가 흘러나왔다.

"헬 파이어!"

그 어떤 사전 동작이나 스펠조차 없었다. 그에 득달같이 달려 나가던 하우스호퍼 후작의 얼굴에 믿을 수 없다는 듯한 표정이 떠올랐다. 하나 그의 대응은 실로 기민했다.

"다크 베리어! 사, 산개!"

메모리한 수식을 풀어냈다. 그리고 곧바로 자리를 이탈했다. 산개하며 최대한 빨리 헬 파이어의 범위를 벗어나는 하우스호퍼 후작의 얼굴은 결코 편치 않았다.

'아무리 7서클 마스터라고는 하나 동 서클의 마법을 스펠도 없이?'

물론 메모리 마법에 의한 것일 수도 있을 것이다.

하나 메모리 마법과 스펠을 통한 마법에는 그 격차가 존재했다.

바로 위력의 차이이다. 마법사가 마법을 발현할 때 스펠을 읊는 것은 그 스펠 속에 의지를 담기 때문이다.

물론 메모리 마법에도 의지가 담기기는 한다. 하나 저장된 마법은 마나의 유동성에 의해 그 힘이 약화되는 것이 인지상정. 결국 스펠을 읊는 마법이 가장 유효한 타격을 주는 것이 맞았다. 한데 지금 발현된 헬 파이어 마법은 전혀 그렇지 않았다.

'그리고 한 가지의 마법만 사용된 것이 아니다.'

결론적으로 그것이었다.

헬 파이어 마법은 거대한 지옥의 불덩어리다. 한데 그것이 하나하나 쪼개졌고, 그 쪼개진 마법이 다시 각각의 마법사를 따라 유도되고 있었다.

그렇다고 해서 위력이 줄어든 것도 아니었다. 여전히 헬 파이어 마법이었다.

콰아아앙!

"크아아악!"

여기저기 분분히 흩어진 마법사들을 직격하는 헬 파이어, 그리고 뒤이은 수없이 많은 마법의 향연.

콰아앙!

"크윽!"

전신을 태울 듯한 열기가 훅 끼쳐들었다. 겹겹하게 두른 다크 베리어 몇 개가 깨져 나갔다.

치이이익!

살이 익는 듯한 냄새가 코를 자극했다.

화르르륵!

특수 처리된 로브에 불이 붙었다. 다급하게 마법을 사용해 불을 끄려 했지만 더욱 강렬해지는 불길. 그에 하우스호퍼 후작은 로브를 벗어 던졌다. 그 방법이 최선이었다. 순간 불이 거세지며 벗어 던진 로브가 타올라 재가 허공에 나부꼈다.

그와 함께 전신을 엄습하는 화끈한 극통. 그의 전신은 지독한 화상을 입고 새까맣게 타 있었다. 그러함에도 하우스호퍼 후작은 살아서 자신에게 헬 파이어를 날린 자를 찾았다. 가슴 깊은 심연에서 솟아오는 끝없는 분노.

"크으으윽!"

분노의 심연 속에서 파충류의 눈동자가 떠졌고, 순식간에 하우스호퍼 후작의 정신과 몸을 잠식해 들어갔다. 아주 찰나의 순간에 말이다. 그때 하우스호퍼 후작의 머리 위에서 들려오는 목소리가 있었다.

"겨우 마계의 중급 마족인가? 그것도 제대로 각성하지도 못했군."

"이익!"

위급함을 알고 블링크를 시도하는 하우스호퍼 후작. 그러면서도 그의 신체는 기괴하게 변해가기 시작했다. 머리 위로 두 개의 뿔이 솟아나고 까맣게 타 진물이 흘러내리던 피부는 붉게 변해가며 날카로운 이빨이 솟아났다.

"네놈들이 있을 곳이 아니다! 돌아가라!"

콰앙!

"케륵!"

한쪽 어깨가 잘려 나가며 피분수가 일어났다. 하우스호퍼 후작의 입에서 당황스러운 비명이 흘러나왔다.

"어떻게 드래곤이⋯⋯."

"네놈들이 호시탐탐 중간계를 노리는데 우리라고 가만히 보고만 있을 순 없지. 그리고 말이야, 겨우 중급 마족 주제에 말이 상당히 짧군."

"감히⋯⋯."

"감히? 마왕급이면 모를까 겨우 중급 마족 주제에 고룡 단계에 접어든 드래곤에게. 게다가 제대로 현신조차 못해 그 힘이 백분의 일로 줄어든 주제에."

"죽어라!"

어둠의 뇌전이 슐리펜 공작을 향해 폭사했다.

꽈릉! 빠자자작!

수없이 많은 뇌전이 슐리펜 공작을 두드렸다. 하나 단 하나의 뇌전도 슐리펜 공작을 어찌할 수 없었다. 그의 주변에 휘황한 막이 있었기 때문이다. 바로 앱솔루트 베리어.

"거기까지. 파워 워드 킬!"

"끄아악!"

그 순간 하우스호퍼 후작은 머리를 쥐어뜯으며 거센 비명을 질러댔다. 전신이 가문 땅이 갈라지듯 쩍쩍 갈라졌으며 갈라진 균열 속에서 빛보다 밝은 빛이 솟아나며 하우스호퍼 후작을 집어삼켰다.

한 줌의 혈수도 없이 사라져 버린 하우스호퍼 후작. 슐리펜 공작은 나직하게 한숨을 내쉬었다. 마족이 모습을 보였기에 일시적으로 용언을 사용할 수 있었다. 그 덕분에 중급 마족을 마계로 돌려보낸 것이다.

그가 주변을 둘러봤다. 수장을 잃은 흑마법사들은 지리멸렬했다. 그 이전에는 상상조차 하지 못할 헬 파이어의 위력에 절반 가까이 타격을 입은 상태이니 이미 그 끝났다고 볼 수 있었다. 그런 마법사들의 전투를 보다 그의 시선이 한쪽으로 향했다.

바로 카이론과 나파즈의 국왕이 대치하고 있는 곳이다.

"준비한 것치고는 별로로군."

카이론은 언월도를 뽑아 들며 나직하게 말했다. 카이론의 말에 살짝 인상을 찌푸리는 나파즈의 국왕.

"시간이 조금 모자라더군."

별일 아니라는 듯이 대꾸했다. 하나 카이론은 코웃음 쳤다.

"30년의 시간을 모자라다고 하다니……."

"입으로 싸우는가?"

카이론의 이죽거림이 듣기 싫다는 듯이 짜증스럽게 맞받아치는 나파즈의 국왕이다.

"너에게 준비할 시간을 준 것이다."

"준비? 시간?"

나직하게 되뇌는 나파즈의 국왕. 자신이 누구이건대 감히 자신에게 시간을 준다는 말인가? 그의 얼굴에 노기가 어렸다.

"죽을 준비를 할 시간!"

"네놈!"

기어코는 노호성을 터뜨리는 그는 설마 8서클에 올라 감정을 주체하지 못할 줄은 그 자신도 상상하지 못했을 것이다. 하나 카이론은 그러한 그의 감정을 건드리고 분노의 일갈을 날리게 했다.

"죽어라! 다크 에로우! 다크 스피어! 다크 볼트!"

3서클 이하의 흑마법을 무작위로 시전했다. 수없이 많은 화살과, 창, 그리고 어둠의 불꽃이 카이론을 향해 쇄도해 들었다. 비록 그 단계가 3서클 이하지만 8서클의 흑마법사가 발현한 마법의 위력은 상상을 초월했다.

촤라라랑!

카이론의 팔꿈치에서 두 자루의 나노 튜브 블레이드가 튀어나와 회전하면서 날아오는 수백의 어둠과 부딪쳐 갔다. 그와 동시에 카이론 역시 언월도를 휘둘러 횡으로 그었다.

파사삭!

그를 향해 쇄도하던 어둠의 화살과 창, 그리고 불꽃이 폭발하듯 검은 연기만 남긴 채 허공으로 사라져 갔다.

"다크 웹! 인새너티스 윈드(Insanity' s Wind, 광기의 바람, 2서클, 시전자가 원하는 상대에게만 그 영향을 미침)!"

어둠의 거미줄이 카이론을 덮쳐갔고, 그 틈을 어둠의 바람이 채웠다.

후와아앙!

바람이 불었다. 진득한 피 냄새를 간직하고 공포를 뿜어내며 칙칙한 바람이 휘몰아쳤다. 카이론의 언월도가 느리게 움직였다. 아니, 그렇게 보였다. 그가 느리게 언월도를 휘두름과 동시에 사방으로 청색의 칼날이 날아갔다.

콰직! 콰아앙! 콰가각!

부서지고 깨지고 박살나고 폭발했다. 검청색의 파도가 사방으로 퍼져 나갔다. 카이론의 주변으로 수없이 많은 검은 칼날이 휘몰아칠 동안 나파즈의 국왕은 스펠을 영창하기 시작했다.

"암흑보다 더 어두운 존재, 모든 어둠의 어버이인 마신 마르케스님의 권능으로 영혼도 가르는 광기의 검이 만들어지리라. 그 검에 담긴 분노와 절망을 이곳에 투영하니 이제 그 앞을 가로막을 모든 자의 살을 가르고 뼈를 부수고 피를 마셔라. 블랙니스 베니딕션(Blackness Benediction, 암흑의 축복)!"

어둠의 광기가 휘몰아치며 그의 주변으로 모여들었다. 그는 자신을 중심으로 몰아치는 어둠의 힘에 도취되어 갔다. 두 팔을 하늘로 번쩍 들어 올리며 다시 웅얼거리기 시작했다.

"으흐흐하하! 어둠에 속하는 존재여, 내 힘을 받아 깨어난 존재여, 나 어둠의 힘을 가진 자의 한 사람으로 명하나니 모든 것을 가르는 그대의 힘으로 내 앞으로 모든 존재를 멸하라. 트웨브 다이어(7서클, 지옥의 불꽃이 앞으로 쏘아지며 모든 것을 불살라 버림.)!"

그는 연속으로 고 서클의 마법을 펼쳐 보였다. 완벽한 8서클 마스터가 아니어서인지 7서클의 마법을 시전하는 데에 있어서 스펠을 읊조리고 있었다. 하나 그 영창 속도는 눈부시게 빨랐다. 마치 언령으로 발현되는 것처럼 말이다.

어둠의 축복으로 강력해진 흑마력을 통해 지옥의 불꽃이 카이론을 향해 해일처럼 몰아치기 시작했다. 카이론은 언월도를 두 손으로 잡고 해일을 둘로 쪼개듯 위에서 아래로 내려쳤다. 그에 그의 언월도에서 푸른 초승달 모양의 오러 블레이드가 발출되었다.

"플라잉 오러……!"

그에 나파즈 국왕의 입에서 나직한 침음성이 흘러나왔다. 소드 마스터의 전유물이 오러 블레이드라고 하면 그랜드 마스터의 전유물은 바로 저 플라잉 오러였다.

"크흐흐, 그래, 그래야지. 그 정도는 되어야 짐의 상대라 할 수 있지."

나파즈 국왕의 오른손이 움직이자 그의 손에 낡고 손때 묻은 지팡이가 모습을 드러냈다. 지팡이의 머리에는 해골 형상이 만들어져 있었으며 해골의 퀭한 눈동자에서 순간적으로 붉은 광선이 쏘아져 나왔다.

콰아앙! 후드드득!

그때 들려오는 굉렬한 소음. 카이론이 어둠의 해일을 정확하게 반으로 가르는 순간이었다. 갈라진 어둠의 해일은 여전히 존재했으나 카이론의 플라잉 오러는 갈라진 해일을 그대로 두지 않았다.

마치 포식자처럼 잔인하게 먹어치웠다. 그리고 그 잔인함에 어둠의 해일은 폭발하며 소멸해 갔으며 그에 주변의 공간이 치를 떨며 진동했다.

"흐흐, 막아보아라. 심연의 어둠 속에 잠든 위대한 힘이여, 이제 그 깊은 잠에서 깨어나라. 너는 나의 검이며, 방패이며, 몸이다. 어둠에 저항하는 존재에게 그 미약함을 깨닫게 하고 그 육신을 갈가리 찢어라. 다콜저 라스툼(8서클, 검은 번개가 내리쳐 상대를 태워 죽임. 정면으로 맞으면 설사 강철이라도 온전치 못함)!"

나파즈의 국왕은 지치지 않고 마법을 시전했다. 마치 자신의 마력은 끝이 없다는 듯이 고 서클의 마법을 연거푸 시전했으나 카이론의 대응은 침착하기 그지없었다. 심지어는 호흡한 톨 흐트러지지 않았고 땀방울조차 흘러내리지 않았다.

카이론의 머리 위에 어둠이 몰려들었다.

쿠르르릉! 쿠콰카강!

고막을 찢을 듯한 커다란 천둥소리가 들려오고, 어둠의 번개가 떨어져 내렸다.

버번쩍! 짜자작!

카이론은 언월도를 하늘 높이 치켜 올렸다. 그의 칼끝에서 청색의 빛이 분수처럼 터지며 그의 전신을 감싸기 시작했다.

투다다닥!

어둠의 번개가 카이론을 감싼 청색의 막과 부딪치며 시퍼런 불꽃을 튕겨냈다. 어둠의 번개는 끊임없이 계속되었다. 앞이 보이지 않을 정도였다. 하나 카이론은 언월도를 끌며 차분하게 앞으로 전진해 나갔다.

그동안에도 끊임없이 어둠의 화살과 창, 혹은 어둠의 불꽃이 그를 향해 쇄도해 들었다. 하나 그 어떤 것도 카이론의 걸음을 막을 수는 없었다. 그럴수록 나파즈 국왕의 발악은 심해졌다. 마법사에게 있어 거리는 곧 생명과 같다.

기사에게 거리를 내어주면 안 되는 것은 기본적인 상식이었다. 카이론은 나파즈 국왕의 모든 마법 공격을 막아내고 잘라내며 꾸준히 앞으로 다가가고 있었다. 카이론이 앞으로 나가는 만큼 나파즈 국왕은 뒤로 물러설 수밖에 없었다.

"괴물 같은 놈!"

누가 누구한테 괴물 같다고 하는 것인가? 하나 지금 카이론의 모습은 충분히 괴물이라 할 만했다. 그 수많은 마법 공격을 무효화시키며 한 걸음 한 걸음 앞으로 발을 내딛는 그의 모습은 나파즈 국왕의 입에서 괴물이라는 말이 흘러나오게 만들기에 충분했다.

"하나 발악도 여기까지다. *끄끄끅!*"

나파즈 국왕의 모습이 서서히 변해가기 시작했다. 다른 이들과는 전혀 다르게 너무나도 자연스러운 변신이라 할 수 있었다. 실핏줄이 돋아나도록 창백해진 얼굴, 검게 물든 눈동자, 이마 정중앙에 솟아나는 거대한 뿔과 등 뒤에서 자라난 검은 색의 날개 한 쌍.

팔이 길어지고 손톱이 길게 자라났다. 신장은 무려 5미터로 더욱 커지면서 윤기 나는 칠흑의 동체가 모습을 드러냈다.

"크아아악!"

그리고 변신을 마친 나파즈 국왕은 하늘 높이 포효를 내질렀다. 그 포효에 담긴 잔인함과 광폭함은 적아를 구분하지 않고 전율을 일게 하기에 충분했다. 물론 카테인 왕국 쪽에는 마족이 모습을 드러냄으로써 그 제약이 풀린 슐리펜 공작이라는 존재가 있었다.

때문에 나파즈의 국왕, 아니, 중간계에 모습을 드러낸 마족의 피어에 노출된 이가 극히 적었다. 하지만 나파즈 왕국 쪽의 병력은 그렇지 않았다. 그들을 방어해 줄 수 있는 이는 아무도 없었다.

"커허억!"

"꺼억!"

고통스러운 단말마의 비명을 지르고 피를 토하며 쓰러져 가는 병사들이 속출했고, 눈을 까뒤집으며 입에서는 거품을 물고 전신을 부들부들 떠는 이의 모습이 보였다. 그나마 어느 정도 실력을 지닌 기사나 귀족들은 무거운 침음성을 흘리며 마족의 피어를 견뎌낼 수 있었다.

"국왕 폐하께옵서 어찌……."

"저, 저건… 마, 마족……!"

"어찌… 어찌 이럴 수가……!"

마족이었다.

본능적으로 두려움을 주는 존재, 중간계의 절대자인 드래곤과 비견되는 공포의 대상, 그 공포의 대상이 인세에 현신한 것이다. 그에 그들은 절망했다.

자신들의 정신적인 지주이자 자신들을 이끌어왔던 절대의 존재가 마족이었기 때문이다.

"이럴 수는… 이럴 수는 없는 법이다."

모든 것을 바쳐서 충성했다. 그런데 그 충성을 바친 존재가 마족이었던 것이다. 나파즈 왕국의 모든 이들은 그 순간 공황 상태에 빠져들었다.

"가알!"

그때 그들의 정신을 깨고 들려온 목소리가 하나 있었다.

카이론은 어느새 허공에 뜬 채 날개 달린 외뿔 마족을 바라보며 사자후를 토해냈다. 검붉은 눈동자로 그런 카이론을 바라보는 마족.

"크흐흐, 중간계라…… 참으로 오랜만의 귀환이로구나."

"네가 있어야 할 곳이 아니다."

그에 마족의 입술이 주욱 찢어졌다.

너무나도 선명하게 드러나는 붉디붉은 혓바닥과 날카롭게 이어지는 새하얀 치아.

"클클, 미물인 인간 중에도 너와 같은 존재가 있구나. 마계 7군단의 사령관인 나 베르의 상대가 될 만한 자라니 말이야."

그와 함께 베르의 양손에 두 개의 거대한 검이 솟아났다.

"즐기자꾸나."

무엇이 그리 기분이 좋은지 연신 붉은 혀로 입술 주변을 핥았다.

"나쁘지 않군."

확실히 그랬다. 만약 마계 7군단장이라 자신을 소개한 마족이 병사들을 먼저 제물로 삼았다면 그로서도 난감했을 것이기 때문이다.

하나 베르라는 마족은 그리 어리석지 않았다. 그저 느끼기에도 자신에 버금가는 실력을 지닌 자를 두고 어찌 개미와 같은 자들이 눈에 들어오겠는가?

쉬익!

마족 베르의 신형이 사라졌다. 그리고 카이론의 정면에 모습을 드러내며 두 개의 검을 연속적으로 내려쳤다.

쾌가강!

보기에는 그저 두 번이었지만 그 짧은 시간에 수없이 많은 공격이 있었다.

카이론은 그 수없이 많은 공격을 단 하나도 놓치지 않고 막아내었다. 그의 얼굴에는 보기 드물게 가는 미소가 떠올라 있었다.

"별로 힘들지 않군."

"크큭, 미천한 놈 주제에 감히."

"그 말, 후회하게 해주지!"

퍼걱!

"큭!"

순간 베르라는 마족은 어깨를 움찔거리며 급히 몸을 틀었다. 하나 몸을 틀었다고 해도 결과는 전혀 달라지지 않았다.

퍼버벅!

그가 언월도로 공격하는 것도 아닌 맨주먹으로 치고 있었다.

그것은 베르에게 있어서는 치욕이나 다름없었다. 인간에게 자신의 신체를 공격당했다는 것 자체도 자존심이 상할 일이거늘 맨주먹이라니.

"이, 이놈이……."

"상급 마족이라고? 마계 7군단의 군단장이라고? 별거 없네?"

"감히!"

"그놈의 감히는 인간이나 마족이나……."

슈칵!

카이론의 언월도는 빛조차 삼킨 채 마족을 갈랐다. 하지만 마족이 괜히 마족이 아닌 듯 그 찰나의 순간 몸을 비틀어 카이론의 언월도를 피해냈다.

"크윽!"

피함과 동시에 이어진 공격에 어깨부터 깔끔하게 잘려 나갔다. 힘없이 툭 떨어진 마족의 팔. 그 순간 마족의 얼굴이 흉신악살처럼 일그러지기 시작했다.

"네, 네놈이……."

너무나도 허무하게 연속으로 당하고 마는 베르였다.

저 모습이 과연 마계 7단장의 모습인가 하는 의혹이 들 정도로 쉽게 당했다. 하지만 다른 이들보다 더욱 분통이 터지는 것은 당사자인 베르일 것이다.

인간 놈의 칼이 움직이는 것을 보지도 못했다. 인간 놈이 휘두르는 주먹을 감지하지도 못했다.

자신은 마계 군단장 중에 검술이 가장 뛰어난 검사이다. 검으로만 따진다면 그 누구도 자신의 위에 두지 않을 자신이 있었다.

그런데 그러한 자신이 고작해야 발톱의 때만큼도 여기지 않는 인간 놈에게 연속적으로 맞고 팔까지 잘려 나갔다. 더군다나 잘려 나간 팔이 재생되지 않고 있었다. 연신 치직거리는 소리만 들릴 뿐.

그리고 그 소리와 함께 전해지는 고통은 이루 형언할 수조차 없을 정도로 끔찍했다. 과연 이러한 고통을 느껴본 게 얼마만인지 기억조차 나지 않았다. 하나 그것보다 더 잔인한 것은 위대한 마계 7군단장인 자신이 인간 놈에게 겁을 먹고 있다는 것이었다.

'이게… 가능해?

불가능했다.

하지만 현실을 부정하려 해도 부정할 수 없었다. 그 이전에 그는 또다시 빠르게 자리를 벗어나야만 했다.

쿠콰가강!

그가 자리를 피한 곳에 거대한 크레이터가 생성되었다.

"꿀꺽!"

자신도 모르게 마른침을 삼켰다. 그런 자신을 보며 서늘하게 웃는 인간 놈. 그놈이 입을 열었다.

"마계 7군단장이라며? 상급 마족이라며? 언제까지 피하기만 할 거지?"

카이론은 여전히 그를 두고 이죽거렸다. 그에 머리끝까지 화가 치밀어 오르는 베르였다.

"죽.인.다!"

콰아악!

그의 전신에서 감히 인간으로서 감당할 수 없을 어둠의 기세가 피어오르면서 일점으로 투사되었다. 바로 카이론을 향해서.

하지만,

'있을 수 없는 일이다!'

베르는 눈이 튀어나올 듯 홉떠졌다.

자신의 암흑 투기가 마치 바다에 빠진 듯 흔적도 없이 사라져 버렸기 때문이다. 놀라는 그를 보며 입매를 비틀며 카이론이 입을 열었다.

"예전에 마족을 한 번 상대해 본 적 있지."

"마족?"

"별거 아니더군. 그리고 너도 별거 아니고. 이것뿐이라면 이제 끝내자."

"어림없는 소리!"

베르의 전신에서 수없이 많은 암흑 검이 치솟아 올랐다.

그 수가 어찌나 많은지 지금이 밝은 날이 아닌 짙고 어두운

밤과 같다는 생각이 들 정도였다.

"허튼수작."

단 한 마디로 무시해 버리는 카이론이 베르를 향해 쇄도했다.

베르를 향해 치달리는 그의 신형은 잔상을 남기고 있었다. 어느 것이 실체이고 어느 것이 허체인지 알 수가 없었다. 그것은 상급 마족인 베르의 눈조차도 현혹하고 있었다.

파아악!

베르의 옆구리에 칼날 하나가 스치고 지나갔다. 인간의 피와 전혀 다르지 않은 검붉은 핏물이 튀어 올랐다.

그것이 시작이었다.

어깨를 할퀴고 지나가고, 심장을 스치고 지나갔으며, 허벅지를 꿰뚫고 복부를 관통했다.

베어지고 재생하기를 수도 없이 반복하는 베르. 그의 암흑 검이 자신을 베고 찌르는 카이론을 향해 비가 내리듯 쏟아져 내렸으나 단 하나도 그의 근처에 접근할 수 없었다. 아니, 오히려 사라지고 있었다.

어느새 눈부시게 푸른빛으로 어둠을 밝히고 있는 두 개의 폭풍과 같은 검에 의해서 말이다.

"용서할 수 없다! 죽어라! 죽어!"

지금까지 검을 이용해 공격해 오던 베르가 육탄 돌격을 시도했다.

카이론의 칼이 복부를 관통해도 내버려 두고 다리가 잘려 나가도 전혀 신경 쓰지 않았다. 방어를 전혀 도외시한 돌격이었다.

"크아아!"

카이론 역시 언월도를 꼬나들고 베르를 향해 쇄도해 들어 갔다. 수없이 많은 청색 검광과 암흑 검이 부딪치고 폭발하고 점멸해 갔다.

콰아아앙!

거대한 폭음과 함께 태양보다 밝은 빛이 폭사되었다. 그 거대한 폭음에 카테인 왕국군과 나파즈 왕국군은 숨을 죽이고 지켜보았다. 슐리펜 공작은 만약을 대비해 둘이 대결하고 있는 장면을 까마득히 높은 곳에서 마른침을 삼키며 지켜봤다.

아주 서서히 어둠이 사라지고 있었다. 점점 맑고 투명한 하늘이 보이고 어둠이 가득하던 세상에 밝음이 찾아오기 시작했다.

그리고 마침내 모습을 드러내는 카이론과 마계 7군단장 베르의 모습.

둘은 서로 엇갈려 있었다.

카이론의 언월도는 여전히 수평을 유지하고 있고, 베르의 신형 역시 카이론과 비슷한 수준으로 줄어든 상황에서 그대로 굳어 있었다.

"이럴 수는… 이럴 수는 없… 다!"

나직하게 독백하는 베르. 그에 카이론은 서서히 무릎을 펴고 허리를 펴서 언월도를 회수하며 돌아섰다.

그가 돌아섬에 베르 역시 허리를 펴고 서서히 돌아서 시선을 마주했다.

"어떻게… 이럴 수 있지?"

"글쎄다."

"대체… 대체 뭐가 잘못된 거지?"

사아아악!

그와 동시에 대각선으로 핏물이 솟아나는 베르의 얼굴. 그의 얼굴만이 아니었다.

목에서도 수평으로 혈선이 그려졌고, 풀 플레이트보다 단단해 보이는 가죽을 뚫고 가슴이 축축하게 젖어가기 시작했다.

툭! 투욱!

얼굴은 대각선으로, 목은 바람에 흔들리며 땅에 떨어졌다. 목 없이 오도카니 서 있던 베르의 신형의 가슴 어림에서 답답하다는 듯 핏물이 거세게 뿜어져 나왔다.

그리고 발끝에서부터 서서히 불꽃이 되어 사라져 가기 시작했다.

그 모습을 멍하게 바라보는 카이론. 그런 카이론 옆으로 홀홀 떨어져 내리는 슐리펜 공작.

"설마 했지만 상급 마족까지 썰어버릴 줄은 몰랐군."

"별거 아니더군."

"그런가?"

카이론의 말에 역시 그답다는 듯이 피석 웃어 보이고 입을 여는 슐리펜 공작이다.

"저들은 어찌할 것인가?"

"항복을 권유해야지."

"그리고?"

"영상은 저장됐지?"

"물론이지."

"그럼 뿌려야지."

"역시 그렇군. 어쨌든 고맙다고 해야겠군. 자네 때문에 내가 편해졌으니."

"별로 고마워할 필요는 없지. 이것 역시 인간이 자초한 일, 결자해지라고. 묶은 자가 풀어야 하는 법이야. 그래야 발전하는 거지."

"그렇군."

둘은 동시에 말문을 닫고 시리도록 푸른 하늘을 바라봤다. 아스라하게 여기저기에서 항복을 외치고 전장을 정리하는 소리가 그들의 귓가로 들려왔다.

하늘을 바라보던 카이론이 다시 시선을 돌렸을 때엔 저 멀리서 일곱 개의 별이 그에게 다가오고 있었다.

『워리어』완결

박선우 장편 소설
FUSION FANTASTIC STORY

PERFECT GAME

퍼펙트 게임

고통과 좌절의 시간들을 뛰어넘어
불사조처럼 일어나 세계를 제패한 사나이의 일대기.

대한민국을 넘어 메이저리그를 평정하며
명예의 전당에 헌정된 언터처블 투수, 이강찬.

강철 같은 어깨에서 뿜어져 나오는 그의 패스트볼은
무적이었으며 야구계에 길이 남을 **신화**였다.

야구만을 사랑했던 고독한 사나이.
그의 **퍼펙트게임**이 이제 시작된다!

Book Publishing CHUNGEORAM

현대 소환술사

THE MODERN SUMMONER

FUSION FANTASTIC STORY

현윤 퓨전 판타지 소설

하늘이 무너져도 솟아날 구멍은 있다!

드래곤의 실험으로 모진 고난을 겪어야 했던 레비로스!
우여곡절 끝에 소환술사가 되어 최강의 자리에 오르지만
운명은 그를 나락으로 떨어뜨린다.

『현대 소환술사』

다시 한 번 주어진 삶!
그러나 그마저도 암울하기 그지없는데…….

소환술사 레비로스의
인생 역전이 시작된다!

Book Publishing CHUNGEORAM

유행이 아닌 자유추구~
WWW.chungeoram.com